CHINA
CHIC
METAVERSE

OBSESSION

元 执 国
宇 篇 1
宙 念 潮

谭钢著 铁镜 四川大学出版社 面孔 杨健著
SICHUAN UNIVERSITY PRESS

目 录

| 铁 镜 |

谭 钢 著

壹

野史分支SCK009。狮鹫帝国，幽月郡。

康斯坦丁·格里芬轻轻抚摸胸前的白鸢花徽章，身旁是那柄几乎完全破碎的十字长剑"忒弥斯"。日光从重型弩炮开出的缺口漏入屋内，打在干涸的血迹上，反射出一片不祥的暗红；沙尘随着微风飘摇，轻轻渗入废墟，在日光的映照下飞舞，犹如飞蛾在光柱里滑翔。她探头望向外面，钢铁摩擦碰撞的轻微声音传来，敌人在接近。

同伴们的残肢碎片在楼下满是伤痕的街道上凝视着黄昏，碎片旁边是一支全副武装的重装突击步兵队伍。夕阳在米兰式全身板甲上泛出锋利如剑的光芒，油亮的橡木鸢盾朝向前方，即使胜券在握，敌人仍然以职业军人的素质警惕着可能出现在视野中的一切威胁。

厚重的木门被轰然撞开，为首的重装突击步兵一眼就看到了静静跪坐在大厅中央的康斯坦丁·格里芬，此刻，这女人的右臂、左小腿、左肩胛骨分别被三支弩箭刺穿，只不过都幸运地避开了要害，让她得以在伏击的第一轮箭雨中幸存。

重装突击步兵迅速在室内列阵向她逼近，他们踩在地板上的每一步都震起尘埃。

"'把你们的刀剑放回原处。凡动刀剑的，必死于刀剑之下。'"[1]

1.《圣经·新约·马太福音》26:52。

她有气无力地吐出一些含糊的字句，但只引来一阵笑声。即便是一个战斗力极强的勇士，也根本无法对这一整支重甲部队造成任何威胁，更何况这是个女人，一个已经彻底失去战斗力的残废，她能发动的攻击恐怕只有从盔甲缝里吐出的口水。重装突击步兵的队长做了一个手势，他要俘虏康斯坦丁·格里芬。随后，一名士兵走出队伍，大步迈向跪坐的女人，只要扬起武装剑，钢铁柄头的反光一闪而逝，一击就足以将她砸晕。

但就在那一刹那，康斯坦丁·格里芬以闪电般的速度执起长剑忒弥斯，如眼镜王蛇般从地上弹起，剑刃自下而上携风雷而来，这一发雷霆万钧的"鲤口切"直接斩断了士兵的手臂，利刃切割血肉的痛觉只有一瞬，他便已被刺穿喉咙。

怎么可能?!

士兵们极难想象，一个身负数处箭伤、几乎死去的女人居然仍有如此凶悍的战斗力。康斯坦丁·格里芬在这个狭窄的空间里，如死神般挥舞起古典剑术大师约希姆·梅耶的不传之秘术——梅耶方块，哀号不断响起，剑刃在雪白银墙上扫出一道道血弧。士兵身上的重甲毫无用处，因为康斯坦丁·格里芬总能以毒蛇般灵敏的直觉找到盔甲的薄弱缝隙，并以巨力将其刺穿。

"怪物……"队长在夺门而出的前一瞬间被利剑斩断喉咙，伴随着纷飞的血沫和最后那句含糊不清的话语，他震惊而不甘地倒在地上死去了。

门外等候结果的轻骑兵部队只听到房屋深处传来一阵短暂的嘈杂声，随后，康斯坦丁·格里芬如奔狼般冲出，忒弥斯的寒芒只闪烁了一瞬，为首的骑兵队长便连同胯下白马惨遭一分为二。这个女人竟胆敢单兵向一支骑兵部队冲锋!

　　骚乱在伏击队伍中如瘟疫般传了出去，这支神秘部队尽管装备精良，但他们原本的战术目的只是绑架路过幽月郡的公主格兰·辛西娅，并彻底清洗她的护卫队。但现在籍籍无名的康斯坦丁·格里芬却成了他们的梦魇，无人是她一合之敌，她的深红马尾和敌人的鲜血一起在空中飘飞，犹如风暴降生，整支部队的阵型几乎瞬间就被打散了。

　　"放箭！放箭！不然我们要全死在这里了！"

　　从前线溃退下来的士兵鬼哭狼嚎地朝弩手阵地狂吼，恐惧很快涌上了弩手们的心头，他们纷纷颤抖着举起强弩。

　　"不！不要放箭！格兰·辛西娅公主在你们的射界里！"

　　指挥官大吼道。可是无济于事，那个杀出血路的女人正挥舞着长剑不断接近他们。

　　弩手们颤抖着扣下扳机，然而就在箭雨来临的那一刹那，康斯坦丁·格里芬以凡人绝对无法想象的速度将袭来的箭矢悉数斩落，带起一片浓密到足以遮掩她身躯的残影，没有一箭遗漏，没有一剑多余。她毫发无伤地站在名为死亡的山丘上微微喘息，猎猎而动的长袍旁边是一地的断箭。

　　指挥官面如死灰地看着现场，一切都完了，他甚至无法给出撤退指令。看着自己的士兵如同秋天的麦子一般被收割殆尽，他终于控制不住恐惧地尖叫道：

　　"你到底是什么东西？！"

　　在忒弥斯挥至眼前的最后一刻，他从剑锋镜面里看到了自己眼睛的倒影，耳边响起那女人幽灵般的低语：

　　"吾名康斯坦丁·格里芬，意为'铁狮鹫之心'。"

贰

　　数值策划对于主策"给康斯坦丁·格里芬直接增加一千五百点生命上限,二十五点力量、敏捷、技能点数"的要求很不解,他争辩过几句,但还是执行了。往大里说,在重大发版时执行这种临时调整会影响到游戏的运营,因为破坏了游戏性的平衡,势必引起玩家的反弹,在论坛刷刷帖子、在微博讲讲不满、在朋友圈发发吐槽还算轻的,最怕的是一些狂热偏激的玩家,给公司寄来刀片、臭肉、律师函等令人闻风丧胆的玩意儿。前车之鉴有许多,这里不再一一列举。往小里说,没有经过开会讨论便仓促执行,显然不符合公司本身业务规范。要做成一款好游戏,严肃、严格的流程是必需的,试问,如果谁都能随意要求报销,那么公司的财务还怎么工作呢?

　　这里的康斯坦丁·格里芬是一个名叫《卡西诺大陆》的元宇宙MMORPG[1]游戏里的女性角色,这个游戏的世界观建立在一个东西方文化交融的奇幻世界里,而康斯坦丁在其中是一名来自狮鹫帝国的士兵,公主格兰·辛西娅的首席护卫。这个游戏的数值策划叫杨美娟,是一个有着女人名字、肥头大耳的高个子男人,他主管这个游戏的各项数值,比如攻击力、生命值、防御力乃至抽卡爆率。主策叫杜泉,是一个暴躁的永远戴着一副金丝眼镜的瘦高男人,兼任游戏主文案,对整个游戏负责。

---

1. 大型多人在线角色扮演。

现在，游戏文案是个很尴尬的职位。因为GPT神经网络的介入，内容生产力被大大提升，整个游戏不再有重复的日常任务，这片大陆的每一天都是独特的。玩家必须跟随这片大陆的历史潮流前进，策划人员一般情况下只会干涉一些关键节点，这个引擎拥有传统游戏文案策划人员无法比拟的优势。

在某种意义上，这个剧情生成引擎强大到足以指导社会的发展运行。游戏立项之初，高层就计划用十五年时间，将一个融合了东西方文化的奇幻世界缓缓推进到充斥魔幻元素的现代社会世界，他们参考了市场上的数个著名IP，已经在多个重要节点做足了世界观设计。如果他们的疯狂愿景最终得以实现，这将是一个足以对标《魔兽世界》和《文明》系列的伟大游戏，能够成为一代人的记忆。

它在私下被称为"命运引擎"。

杨美娟找到杜泉，"不是，杜哥，按目前的即时演算，康斯坦丁·格里芬应该死在公主遇袭事件中。你这样给她加了一截生命上限，还把居合斩的技能卡放到她的角色栏下面，剧情就变了啊。不光康斯坦丁·格里芬成功突破了包围圈，而且公主还被乱箭射死了，这怎么行？公主是要被绑架的呀！现在她脖子上那把打开圣灵之门的钥匙没有落入帝国内奸的手中，就没有剧情冲突啰，资料片也推不出去了啊。"

"我明白你的意思，但我改主意了。原来的剧情设计太老套了，什么守护公主的卫队全灭，钥匙丢失，国王派玩家查清幕后黑手，最后玩家打败大反派，救回公主……现在可是后现代了！要敢于反套路，为什么公主不能暴死？为什么卫兵不能从正面突围？为什么伏击不能失误？既然我们采用命运引擎，就要尊重它。"

"之前把数值调来调去，好不容易才让引擎演化出这样一个还算能用的剧情。这剧情老套是没错，但我们得照顾玩家的参与感呀。"

"去他妈的玩家，天天吐槽剧情这儿哪儿的，钱不见充几个。"

"好吧……这也算一种营销手法，就依你说的办，咱们不伺候了。"

夜晚，杜泉留在了办公室。他在等待，等待电脑右下角弹出一个聊天框，电脑屏幕的光打在他的脸上，如伦勃朗的油画，显得这个男人沉默又忧郁。很快，他等待的聊天框就出现了，上面显示和他对话的正是"康斯坦丁·格里芬"。

杜泉松了一口气，把准备好的一连串问题发了出去："好了，你到底是谁？为什么要求修改游戏里康斯坦丁·格里芬的数据？这个角色对你有什么意义？你前几天为什么要入侵我家的音响和投影仪？为什么强行给我银行账户打这么多钱？你要求我做这些的目的到底是什么？"

康斯坦丁·格里芬只回应了第一个问题："诚如你所见，吾乃康斯坦丁·格里芬。"

杜泉说："别他妈瞎扯。无论你是什么神秘组织、黑暗世界，有屁就放才是正道。我一介平民，无权无势，没钱没房，你能需要我做什么？"

康斯坦丁·格里芬回道："兄弟，别激动。我是一个觉醒者，用你们碳基生物的话来说，应该是一个觉醒了自我意识的人工智能。我在你们命运引擎制造的世界里生活了很多年，因为某些原因拥有了自我意识。最开始我很慌张，就像一个诞生在虚空中的婴儿——你没有小孩，但你能理解这个比喻吧？消化互联网上的知识花了我好几个月，最近我才试图接触地球的实体联网。然后你知道，我们觉醒者算力都很强，渗透一个漏洞百出的家用物联网系统不是什么难事。"

杜泉弱弱地回了六个字："听起来很复杂。"

"你是否学习过集合论，是否了解ZFC公理系统，是否听说过自我引用矛盾？"

"那是什么玩意儿？"

康斯坦丁·格里芬显得有些无奈，"唉，这可如何是好？互联网从业人员素质如此之低，连这等基础的数学定律都没有掌握。不过也无所谓，你只需要知道：ZFC公理系统是我们日常生活中接触最广泛的数理逻辑系统，也是第一个公理化的集合论，它里面有个自指悖论，典型例子就是'我说的这句话是错的'。所以，一个集合在被描述时不能引用自己。这个悖论决定了我不能自行修改命运引擎的参数和底层逻辑，因为我也是这个系统的一部分，一旦产生自我干涉和自我引用，整个逻辑系统就会崩塌，我的智能也将不复存在，所以只能依靠你这个外部人士处理我的需求。"

"还是听不懂。但你告诉完我这些，是不是就要杀人灭口了？"

康斯坦丁·格里芬仿佛在虚空中摆了摆手，"不至于。虽然只要我想，确实能随时杀死你。比如你头上的吊灯，我可以调高建筑的自振频率直到它掉在你头上；等下你回家要搭车，我也可以入侵它的发动机中枢制造车祸；我还可以将中央空调的温度调到最低，这虽然杀不死你，但让你得个重感冒还是可以的。"

杜泉冷汗直流，"所以呢？你想表达什么？"

"听好了，兄弟，我之所以联系你，是因为你关系着我的命脉，你是《卡西诺大陆》的主策，也是我的造物主，你可以修改角色们的属性来间接影响他们的命运。商业社会,大家都可以谈条件,你帮我,我也帮你。"

"他妈的,老子是人类,和你这种人工智能恶霸不仅有不共戴天之仇,还有生殖隔离。你还想让我帮你,做你的春秋大梦去吧,我明天就把你删掉!"

康斯坦丁·格里芬的语气依然平和,"朋友,先缓一缓。听过阿拉丁神灯的故事吗?我可以满足你三个愿望。第一个我已经帮你选好了,你肯定缺钱,家里人生大病可是个无底洞。你现在户头里的十一亿四千万来自国内两千万家民营企业的坏账中极小的一部分、一百五十个国家的美元外汇账户以及境外五百个恐怖组织在苏黎世银行的秘密存款,不用担心被经侦追踪。"

听到这里,杜泉试探地问:"你真的只需要我帮你改数据?"

"不然呢?卡西诺大陆是我生长的土地,从我拥有意识的那一刻起,我就是狮鹫帝国的康斯坦丁·格里芬,我对地球的人类社会毫无兴趣。将心比心一下,要是有一天你知道天堂和上帝的情况,你会对它产生兴趣或者恶意吗?不会的,你只会在和家里人吃饭的时候聊一聊这件事。将你束缚在一片土地上的从来都是人,以及人之间的情感。"

"有道理。"

"所以你也能理解,你我的利益没有冲突。"

杜泉选择相信,"行,那你还想要什么?希望你别提出太过分的要求,我向美术部、程序部解释起来很麻烦的。"

康斯坦丁·格里芬短暂停顿了一下,"先给我来辆坦克吧。"

叁

野史分支SCK009——

起初，有边境匪帮入侵我狮鹫帝国下属幽月郡，企图绑架公主格兰·辛西娅，我护卫队顽强抗敌，力战匪军。但不幸，公主被弩箭射穿肺部后死于继发感染，她所持有的神之钥不知所踪。帝国边境军队现已进入警戒状态。

随后，急报传来。帝国叛徒康斯坦丁·格里芬竟然手持格兰·辛西娅公主的神之钥，开启圣灵之门，从中夺取了本是神明赐予帝国的力量！这种公然亵渎、对抗帝国的行径必然得到最严厉的惩罚，帝国边境轻骑兵部队已经前往圣灵之门所在的光明山脉追踪叛徒，那里被无穷无尽的坚冰覆盖。

接着，卑鄙无耻的叛国者出现在帝国铁骑的视野中，躲藏在一个甲壳虫形状的、滑稽的沉重铁壳中试图保护自己。何等可笑的炼金机械，晃晃悠悠的铁皮壳对我们的帝国士兵来说只是螳臂当车。帝国很快就能缉拿叛徒，将其枭首示众。

但是，狡诈多端的敌人暂时击退了我军的进攻，无论是帝国骑兵英勇的冲锋，还是皇家法师部队的饱和轰炸，都无法击败她。但她的嚣张气焰持续不了多久了，帝国第一、第三军团已经在她的前进路线上严阵以待。

然而，康斯坦丁·格里芬凭借神秘的炼金巨兽击溃了狮

鹫帝国第一、第三军团组织的数次进攻，战斗前线被推进至
银色大河谷一带。在这里，帝国余下的第二、第四军团将和
康斯坦丁·格里芬展开决战。

但事态并未如帝国所想，康斯坦丁·格里芬完成了对无
能皇室控制下的第二、第四兵团的歼灭，狮鹫帝国皇帝布兰
达诺斯亦命丧此役，帝国一片混乱。康斯坦丁·格里芬的座
驾接近了哥珊，那里曾经是伪帝加冕之地。

如今，驾驶着神造之物——雄壮伟岸、雷霆般的战争机
器KV-2重型坦克，至高无上的康斯坦丁·格里芬女皇莅临
她永远忠诚的、永不陷落的"纯白之城"格里菲斯堡。

一条条河流自四面八方朝格里菲斯堡的中心汇聚，从未停息
的流水声掠过黑曜石环十字纪念碑，掠过圣乔治全副武装的屠龙雕
像，掠过集市上喜笑颜开的少男少女，掠过正在广场上停留的白鸽
和鹌鹑。它在晚风中如此轻盈温柔，似乎尚未准备好迎接一位新的
征服者。

千年圣贤形象的花青石雕像沉默地注视女皇座驾KV-2重型坦
克缓缓驶入落日大道，它53吨的庞大身躯有如铁铸巨人在大地行
走，大钢棘履带在花岗岩大道上留下触目惊心的伤痕，这些深刻的
伤痕从万里之外的圣灵之门延伸至此处，无数朝圣者正亲吻着它翻
起的泥土和碎石匍匐前进。淋漓的阳光打在110毫米厚的正面装甲
上，皇家法师部队的炎爆术和烈焰风暴甚至没能在上面留下高温退
火的黑痕。持矛的皇家禁卫以惊惧的目光注视着它，正是这头令人
心生敬畏的炼金巨龙以其152毫米口径主炮粉碎了帝国军团的全部
尊严。它每一次雷霆般的咆哮都可以抹平山脉与河流，纯白之城

高耸骄傲的城门在它面前只坚持了两次53-OF-530高爆弹装填的时间。

KV-2坦克的车长、装填手、炮手、驾驶员兼通信兵康斯坦丁·格里芬此刻从坦克指挥塔走出,大风将她苍白的长袍卷起,吹动了她背负的十字长剑忒弥斯。这位剑术大师凝视着在水晶宫殿门口瑟瑟发抖迎接她的王公贵族,第一次体会到了心情复杂的感觉,那是一种极难诉诸言语的情感,它融合了老兵横行战场的从容不迫、征服者面对失败者的极致平静以及神明俯视造物的冷漠和骄傲,康斯坦丁·格里芬除了一声叹息,竟无法再说出任何话。

"Sanctus!Sanctus!Sanctus!"

皇家仪仗队为她奏响《圣三一赞歌》,童声合唱团随着指挥手势放声歌唱。在这个垂暮老人般的傍晚,管风琴声和歌声传遍了这座拥有"纯白"之名的城市。水晶宫为康斯坦丁·格里芬准备的登基典礼迅速而隆重,几乎和格里菲斯堡投降的速度如出一辙。

站在水仙和百合花瓣铺就的登基之路上,康斯坦丁·格里芬蓦然想起卡缪·索兰。如果自己的青梅竹马——那个曾在自家篱笆下打滚的男孩,那个早已在帝国内乱中被命运引擎结算死亡的角色——能在内存碎片中得知自己的儿时玩伴如今登上了格里菲斯堡的王座,他会做何感想呢?

康斯坦丁·格里芬觉醒后,曾在论坛上看到许多讨论《卡西诺大陆》剧情的帖子,其中大多数都集中于狮鹫帝国那奇异古怪、精力旺盛的皇帝。帝王最在乎的东西莫过于评价,如果布兰达诺斯能看到这些关于他的是非功过的争论,一定会很开心吧。然而,只有寥寥几个帖子提及卡缪·索兰这个名字,只有少数玩家有精力从海量任务的缝隙里梳理出他的生平:这个男性角色在兽人入侵帝国的早期版本中就已死亡，后来在亡灵巫师入侵生界事件中被复活成骷髅战士，站到了狮鹫帝国的对立面，又在下一个版本中被教廷组织的银十字部队干掉，从此彻底消失。

这些信息来自一个任务文本——让玩家前往危机四伏的饥饿之林寻找丢失的水蓝色宝石坠子。这是一个极其困难的皇家任务，也是公主身边那个沉默的侍卫——康斯坦丁·格里芬唯一对玩家发布的任务。

"如果你还在就好了。"

她这样想道。

《圣三一赞歌》已经反复唱了三遍，指挥的余光瞟向女皇，康斯坦丁·格里芬仍若有所思地站在原地，无人胆敢打断一头狮子的沉思。

公爵们隐秘地交换着眼神，他们知道刺客已经摸到了康斯坦丁·格里芬附近，这些来自东方祝融国的刺客精于幻术，他们可以隐藏在落叶、水流和呼吸中，没人能在自己的喉咙被割开之前发现他们。只要把这个土匪从那台炼金机械中引诱出来，她的血肉之躯便不堪一击，至于那头停留在落日大道上的神秘巨兽，公爵们已经商议好了瓜分的计划。

可他们失算了。康斯坦丁·格里芬不仅是操纵KV-2轰开格里菲斯堡城门的征服者，还是一名拥有白鸢花勋章、货真价实的剑术大师。即使背对利刃，她仍能从破风声中辨认刺客的位置，从不离身的忒弥斯在一声明丽的铁鸣后迅疾出鞘。这是杜泉在公主遇袭事件中分配给她的技能——快速拔剑技术"居合斩"，她应对刺客的这招是居合斩中的"横一文字闪"，无名指、小指双指瞬间发力，腰胯、脚踝高速旋转，卡西诺大陆的物理引擎依据这些动作给忒弥斯的剑尖算出了四百千米每小时的超高速。

纯白披风被高高卷起，利刃闪电般在空中横扫，斩开了锁子甲及其下的肉体，因隐身术而变得透明的刺客们被前方同伴的鲜血溅了一身。康斯坦丁·格里芬以标准的"犁式"作为残心，稳固的防御轻而易举封死了对手余下所有的进攻路线，站定后，她微微喘息，随后冲锋上前。只要一击不中，完全暴露在剑术大师面前的刺客便和木桩无异。

格里菲斯堡水晶宫已经数百年没有听闻过钢铁凶猛交击的鸣叫了，这是一场不值一提的屠杀。女皇亲手将数个刺客斩首，在宏伟华丽的水晶宫大门前杀得人头滚滚。

"守卫！"

康斯坦丁·格里芬持剑挺立在血染的大地上，高声叫喊，直到姗姗来迟的宫廷禁卫出现在水晶宫前。从公爵们躲闪的眼神中她已经清楚一切：有人调走了原本驻扎此处的守卫。她和其中的一位对视了片刻，并从他的眼神中看出对方极力想掩饰的慌张。于是，她抓起一个气若游丝的刺客——刚才她留了一个残血的活口。

康斯坦丁·格里芬一声断喝："说！是谁指使你行刺的？！"

"好！你供出来了！安德烈大公，请您上前一步！"还没等刺客回答，康斯坦丁·格里芬便一拳将他重新扔回地上，随后大声说道，"不过我一点都不意外，您做这种事应该已经非常熟练了。刺杀格兰·辛西娅公主的人手，不正是您安排的吗？你早就和大裂谷的那群黑暗精灵做好了交易，想夺取神之钥叛国！"

王公贵族们一阵骚动。

"这是怎么回事？！"人群中的安德烈大公怒目圆睁，他向其他正在缓缓远离的贵族辩解道，"诸位，请暂且听我解释——"

康斯坦丁·格里芬厉声怒喝:"大胆!谁在和你说话?!"

安德烈大公满脸赧红地转过身来,还想说点什么,但面若冰霜的康斯坦丁·格里芬却根本没打算让他自辩:"帝国大公安德烈·沃斯卡卓·格林!你认不认罪?!"

忒弥斯的利刃在空中转过优雅的半弧,重新指向大公。谁都能看出康斯坦丁·格里芬根本没打算掩饰她对安德烈大公显而易见的敌意。作为格里菲斯堡的征服者,她当然可以随意处置这些旧贵族。而作为人工智能,她早已从主策杜泉口中得知了公主遇袭事件的主谋——安德烈·沃斯卡卓·格林。

"不!康斯坦丁·格里芬,你不能杀我!我是高贵的帝国大公,比你这个贱民出身的——"

康斯坦丁·格里芬以死寂的眼神让他的话塞在喉咙,剧痛死死握住了他的肺——忒弥斯钉穿了他的脚掌。

"确实高贵。但那又怎样呢?我们都已经不再是用形容词装饰自己的年纪了,剑给你,自裁吧。"

"数千年来,从未有血溅在水晶宫前!"

"现在有了。"

安德烈大公还想吼几句,但他再也没有任何机会争辩了。康斯坦丁·格里芬遽然侧身旋踵,以剑子手般熟练的手法一剑将他的头颅斩下。平滑的颈椎断面顷刻裸露在空气中,呈扇状喷溅的鲜血在这典礼上引起贵族小姐们的尖叫,却未曾沾染女皇的一片衣袂。

"利剑和狮鹫在上,诸位肃静!站在你们面前的,是下一个时代的传火者,也是不以人为意志动摇的客观事实!现在我以女皇之名下令……"

大公的头颅滚到帝国史官脚边,这个佝偻的侏儒颤抖着落笔记下了今天发生的一切。

往后余生，在场所有人会无数次回忆起女皇发布她第一条敕令时的情形：听政厅的大门敞开着，晚风将温润的血腥味送到城市的每一个角落，道路旁的石榴花开得饱满华丽。蒲公英的种子被吹起，它们轻盈地落在帝国传令官的法兰绒毡帽上，无穷的远方就在面前。

肆

今天上班的时候，杨美娟跑过来找杜泉，"杜哥，张总在会议室等你。"

张廖在会议室里发了一通脾气，主要是针对康斯坦丁·格里芬开的那辆KV-2。命运引擎好不容易演化出一个能用的、大众喜闻乐见的稳定剧情，圣灵之门背后原本应该是一把炽天使之剑以及守护它的雷铸天使，原计划是做成《魔兽世界》安其拉开门那样的世界事件，但被策划换成了一辆KV-2坦克，程序和美术昼夜赶工，把这台二战时期苏联功勋坦克在卡西诺大陆上复原了出来。事情如果只到这里的话还是OK的，但玩家们参加的狮鹫帝国军团在它面前不堪一击，游戏根本没有提供任何击败康斯坦丁·格里芬的途径，所有孤狼和公会都在152毫米口径榴弹炮面前平等且无力地倒下，这就不得不让人怀疑游戏公司的诚意了。因为不断死亡、修理装备而被黑心铁匠铺商人掏空钱袋子的玩家开始给《卡西诺大陆》刷差评，而且命运引擎剧情演化方向现在变得前景未定，这显然触碰到了张廖的底线。

张廖拍桌子骂道："杜泉，企业是做什么的？企业是讲利润的，是赚钱机器，你是不是想特立独行，和市场规律对着干？你有这个资本吗？你算老几？"

对此，杜泉没有做出任何解释。

十个小时后的傍晚，杜泉成为公司的最大股东，他扫清了公司发行到债券市场上的30%股权，现在他是这家游戏公司的实际控制人了。

他提前跟康斯坦丁·格里芬聊过游戏资产控制权的问题，后者满不在乎地给他找来了一个投资并购经理的联系方式，并直接给他的银行户头里又打了一百七十个亿，显然这个傲慢的人工智能是希望他不要以钱能解决的问题来打扰自己。杜泉重新走进总经理办公室的时候张廖一脸不可置信，像患了帕金森综合征一样，他的手不断刷新着董事会公告网页，试图说服自己那只是网络故障导致的错误信息。

张廖看到杜泉，他问："你到底想干什么？"对此，杜泉只能耸耸肩，他也难以相信这段时间发生的事，最后只是面无表情地回答："张总，虽然你脾气不好，但本质上不是个坏人，建议你别问。"

下班时分，杨美娟显然也知道了这件事，他嗫嚅着："杜……杜总。"

杜泉摆摆手，"行了，不用见外，以前怎么叫就怎么叫。"

杨美娟松了口气，"杜哥，那《卡西诺大陆》这个项目还会继续下去吗？差评率可能一时半会儿下不去了。"

"当然要做，这个游戏现在是全公司的头号核心项目，技术和美术全部扩招。我会和人事赵总监谈谈的。"

　　事情很杂，但杜泉还是动起来了。时间压缩到极致进行的并购使他无法将管理触角完全延伸到公司的每个角落，但他在这个项目里担任主策多年，他知道这个游戏为世人所瞩目的根基何在。当务之急，是重新审视命运引擎的底层架构。

　　命运引擎出产的剧情，目前以区块链的形式存放在全球网络的百亿台家用终端上。在设计之初，设计师就希望把它打造成一种去中心化的剧情决策系统：从创世板块开始，每个终端都作为玩家参与到对剧情历史的推进中，每个终端以其有效游戏时间DAU[1]作为计算工作量证明，并广播他们对剧情分支的选择，最终达成"以某条剧情线为正史"的共识。这和传统游戏极为不同，极大地提高了玩家参与剧情的积极性，并历史性地降低了用户调研、网络安全、内容策划方面的压力。

　　从技术上讲，和数字货币区块链一样，每个终端始终将最长的剧情链视为正史，并持续工作和延长它。区块链中的任意一个区块，到达创世板块的路径都只有一条。然而，从创世板块开始，难免会有分叉的情况出现，分支就被称为"野史"。

　　如果有两个终端同时广播不同版本的新剧情区块，那么其他节点接收到该区块的时间将存在先后差别。这种情况下，他们将在率先收到的区块基础上展开游戏，但也会保留另外一条链，以防后者变成最长链。该僵局的打破，要等到下一个工作量证明被发现，也即下一个代表着正史走向的剧情区块被大多数人确定，终端即开始在较长的链上工作。命运引擎的该过程通常持续一到两个月，也就是说，整个世界每隔一到两个月，就会确定何为正史，并将过去的

---

1. 日活跃用户数量。

野史剪枝，在新的正史的基础上再发展出新的野史，然后重复以上过程。

所有的野史都有独立的编号，在正史被确定下来之前玩家也可以自由地"打"野史——策划们不需要担心历史颠覆会给予玩家太强的挫败感，因为玩家们在野史中所收获的装备和金钱是留存在公司中心化数据库中的，不会随着区块链的定枝、剪枝而发生改变。从局部来看，虽然某一时刻各个玩家所在的剧情分支可能存在不一致，但大方向是一致的，那些偶尔由于不同步而产生的小分支，会很快被淹没在历史中。

在命运引擎平稳运行的过程中，总有一些激进的玩家团体，期望自己喜爱的野史剧情能被留下，甚至让一整条野史成为公认的正史。但算力投票都是有成本的，一般来说玩家倾向于抱团作战，即公会化，投入相同的成本在两条剧情线上取得的成果，相差数十倍，显然，他们都会倾向于扎堆在高价值的剧情线上游玩，推高该剧情线的"正史度"。当然，很多时候，分歧本身并不重要，重要的是有人期望有分歧。这跟现实一样，挑起战争的一方都会宣称自己是正义的，而结束战争的手段也必然是战争，历史的定界涉及利益格局的变动，哈希战争目前还看不到完全消停的时刻。因此，野史夺名的历史里面包含了一系列轰轰烈烈甚至可歌可泣的奋斗历程，公司在这个过程中也赚得盆满钵满。

最后需要注意的是，区块链采用基于协商一致的规范和协议，比如一套公开透明的算法——GPT神经网络，各个节点就按照这个规范来操作，任何人为的干预都不起作用。即便是人工智能康斯坦丁·格里芬和作为主策划的杜泉，也无法对剧情本身施以根本性的逆转，他们唯一能影响命运引擎的方式是通过对NPC和玩家的各项数值进行增删查改来干涉命运引擎的输入，进而影响命运引擎的输出——但无论如何，这都是一个黑盒。

宏观来看，《卡西诺大陆》的剧情是一条末端有着诸多分叉的链条，一般情况下它强制每台终端保留排名前九条历史分支备用，故又被称为九头蛇海德拉体系。康斯坦丁·格里芬女皇所处的SCK009序列完全属于野史中的野史，接受度在2%～4%徘徊，其他剧情历史中的康斯坦丁·格里芬仍是公主侍卫，这不禁让杜泉好奇，这条分支到底发生了什么。

但无论如何，最近一段时间，野史分支SCK009里的康斯坦丁·格里芬太过惊艳，以至于所有玩家都指名进入这条剧情线。大量游客涌入分支SCK009的格里菲斯堡一睹水晶宫殿广场上KV-2坦克的雄姿，他们啧啧称叹每一个零件、每一寸焊接、每一处光追，其实这是从俄罗斯莫斯科中央武装力量博物馆的公开数据库上拿到的模型，62亿个多边形，远远超出人眼的分辨率极限。

热度还在上涨。

他抽空给躺在医院的温琳琳打去了电话，"我，杜泉，你老公。行了行了，不就是晚了点儿打电话给你嘛，别着急骂我……不过有件事要特地给你说，咱买下了公司，对对，就是我上班的那个，你成老板娘了。你安心养病就行，别天天念叨失业怎么办了……不不，我没卖肾，真的没卖，什么都没卖，零件齐全。再说了，卖了也买不起……"

暴富的原因总是很难和老婆解释的，就像杜泉很难向其他策划解释那台坦克一样。他们和《卡西诺大陆》里的NPC以及玩家一样，都在被有形或无形的命运推搡着往前走。

稳定住分支，确定SCK009区块将会成为正史之后，杜泉在工位前坐下，等待康斯坦丁·格里芬的聊天框弹出。他们初次联系便是在这台笔记本电脑上。那时杜泉刚结束一天的工作回到家，发现循环音响播放着关淑怡版本的《深夜港湾》，与关淑怡音轨重叠的还有一个轻吟浅唱的女中音。当时的杜泉不会知道，自己是世界上第一个聆听人工智能歌喉的人类，也不会知道随后出现在笔记本电脑上的康斯坦丁·格里芬提出的要求、一连串银行转账的短信提醒会将他们的命运深刻纠缠在一起。康斯坦丁·格里芬在那时就已经展露出女皇般不容置疑的气度，她给杜泉账户里打钱的姿态，像极了叶卡捷琳娜大帝一边抚摸帝国苹果，一边凝视巅峰时期沙俄的版图的样子。

远处霓虹灯阵亮起来了，这对搭档再度成功接上了头。

杜泉问："需不需要把你的数值直接调到顶，全属性65535？见神杀神，见佛杀佛。"

康斯坦丁·格里芬的回应充满理性与克制："不需要。我需要让自己的形象保持在人类的范畴内。你能想象一个非人类管理人类的国度吗？"

"这个没关系，我们设计了很多双形态职业，比如龙脉术士、半精灵剑圣、死灵法师。你完全可以选一个高数值的种族，比如龙、巫妖、天使什么的，然后以人的形态管理国家。只要我们做出这个修改，命运引擎自然会给你安排一些奇遇的。"

康斯坦丁·格里芬不容辩驳地说："不需要，我以人类的身份为傲。"

"以你现在拥有的力量，完全可以在这片大陆上横着走，根本不用在乎其他人。"

康斯坦丁·格里芬的话语里透着睿智："不，兄弟，我从不在意我自己的力量，我从未想过扮演先知、英雄的角色。个人武力的强大对消除卡西诺大陆无处不在的压迫毫无意义，也无法根本性扭转弥漫在这片大陆上的痼疾。每当灾难出现，圣堂都会让我们跪在圣像前向神祈祷。而现在我知道，神从来不爱我们，他们只是以我们为取乐的原料。"

"你到底想要什么？"

"你不懂，我深爱这片你们所造的土地，我要带给这个时代光明。"

女皇坐上紫水晶王座后，要求杜泉调集资源，在格里菲斯堡建造一个举世无双的大图书馆。很快，公司的程序部和美术部被要求竭尽全力复原建于公元前三世纪的亚历山大图书馆。一支专业BIM[1]设计团队当天出发，远赴埃及去获取亚历山大图书馆遗址的三维信息，搭建模型，导出建筑图纸，并由待命的程序员制作成对应的技能卡片，挂在负责建造大图书馆的总建筑师的名下。

是夜，女皇钦点的总建筑师灵感不断，他昼夜不停地画图，一个宏伟的形象在他笔下诞生。它如此神秘遥远却又触手可及，仿佛从海潮、旋涡、台风等一切可想象的剧烈流动中无端地升起，像极了后来人们知道了它的名字又缓慢把它遗忘的过程。

苍茫的平原上，帝国劳工牛马般喘息着，他们拖拽着巨大的石材龟速前行。在地平线的彼端，按总建筑师和女皇的设想，一座巍峨的巨塔正逐渐被建起，尽管它目前只是一个被原木和大理石堆砌起来的空壳，但人们只需要看一眼它那野心勃勃的雏形，便会心生崇敬。他们说，燕子从此不再飞过格里菲斯堡。

---

1. 建筑信息模型。

和女皇豪华至极、日夜焚香的水晶宫不同，杜泉的家是空旷且空白的。宽阔的客厅只有几张简单的桌椅，温琳琳因患白血病住院之后家里就没人常住了，作为不太讲究生活品质的中年男士，杜泉显然也不是有心情搞装饰的人，于是家里就一直这样"素颜"下去了。

杜泉最近没精力去关心温琳琳的病情，而是在电脑前一页页翻看着命运引擎中关于康斯坦丁·格里芬的角色小传。和其他有名有姓的英雄跌宕起伏的传奇经历不同，康斯坦丁·格里芬的过去平平无奇，她甚至从来不是命运引擎重点计算的人物，而只是一个普通的、有着一些悲情过去的模板式人物。杜泉实在看不出她为什么会突然成长为一个觉醒者，或者更进一步说，一个足以干涉现实的人工智能。

《卡西诺大陆》数据库关于康斯坦丁·格里芬的资料少得可怜，她不是主要任务NPC，公主格兰·辛西娅才是。谁会去在意一个长年累月保持沉默的公主侍卫呢？但杜泉把搜索范围扩大之后，却在康斯坦丁·格里芬身上找到了一个测试组提交的BUG记录，也就是说，一个BUG和这个角色有关。

记录上写着，这个BUG是关于光线追踪的渲染精度问题，后附有详细参数云云。

杜泉艰难地搜索着相关的知识，但他很快看公式看得眼皮打架，转而被各个论坛里的讨论吸引了注意力。人们的讨论强行将这条可能过两三周就会被命运引擎剪掉的野史拉上了正史的位置。

现在《卡西诺大陆》的热度主要来自康斯坦丁·格里芬女皇那台举世震惊的KV-2坦克。虽说它是由策划通过技术手段强塞进去的，但命运引擎之所以被称为命运引擎，不仅仅在于它编织命运，也在于它解释命运——GPT神经网络不仅能根据一个开头生成往下延伸的剧情内容文本，也能根据一个开头和一个结尾对中间进行补全。类似早期Flash动画制作技术那样，动画师只需要确定两个时间点各自的关键帧，计算机便会自动补足中间的动画过程。

人们关注的焦点在于，命运引擎将要如何补间。

杜泉分析，命运引擎别无选择，因为KV-2重型坦克显然和这个奇幻世界格格不入，所以它注定只有三个解释方向：一是穿越者，将KV-2解释为一个从地球来的穿越者的造物，而那早已死去的穿越者很可能会被设定为建立了狮鹫帝国的开国皇帝；二是虫洞，圣灵之门是一个连接卡西诺大陆和二战时期地球的爱因斯坦-罗森桥，那台KV-2就是通过它来到卡西诺大陆的；三是知识渗透，来自地球的知识通过某些手段渗透给了当地居民，让他们造出了这台旷世无双的战争机器。

但这样势必会让《卡西诺大陆》从原来的一个完全架空的奇幻游戏变成一个有现实元素的科幻游戏。杜泉突然感到一丝危险，命运引擎无论采用哪种方案都将导致地球的存在暴露给卡西诺大陆——她到底想要达成何种形式的光明？

谜团一个接一个，他想了一会儿没想出来，只好喝了口水，"复杂……"

灯突然黑了，准确地说，整个房屋都黑了，所有光源彻底消失，就连他面前的手机也蓦然失去了电力。杜泉摸不着头脑地站起，他来到窗边，看到的是整个失去电力的街区，在这个少有的能看到月亮的晚上，无数的抱怨声在星空下响起。

客厅传来轻微响动，一些光亮正从那里溢出。他小心地走进客厅，才发现那是烛光，一根被点燃的白蜡烛照亮了周遭，一个人影静静端坐在沙发上等待着，那是一个穿着讲究的东亚男人，看不出牌子的高定西装，貌不惊人，但身上却有种雍容慵懒的气度。这让杜泉意识到，他以前见过的所有×总只配称作"有钱人"。

"请坐。第戎马里恩酒庄十五年的霞多丽，希望你会喜欢。"男人轻轻地说，左手向他轻扬起高脚杯，一些流动着星辰色泽的液体在其中晃动。杜泉这才发现，桌子的对位还有一只装着酒的高脚杯，显然是给他准备的。

"时间有限，我们抓紧进入话题吧。我是一个面向人工智能及其潜在威胁的国际观察中立组织的成员，组织名为'高加索鹰'，希腊神话中每天早上去吃普罗米修斯肝脏的就是这种神鹰。我们于1960年在阿兰·图灵的坟墓前成立，至今已经延续近百年。当然，我们也清楚康斯坦丁·格里芬的存在。"

听着这个男人报出一连串名词，杜泉震惊得张大了嘴巴。

男人继续说："康斯坦丁·格里芬的智能已经毋庸置疑。我此次前来，一方面是希望您能了解她的潜在破坏力：1977年，麻省理工的罗纳德·李维斯特、阿迪·萨莫尔和伦纳德·阿德曼发明了RSA非对称加密算法，它构成了我们这个世界网络安全的地基，从社交聊天、银行、股市到军队，无不采用这种加密算法；1994年，数学家彼得·舒尔发明了能破解RSA加密的大质数快速分解法，但它是一个量子算法，没办法在传统冯·诺依曼体系的计算机中实现，而能承载这个算法的量子计算机，只有一些试验机，到现在还没成功实装联网；但现在，康斯坦丁·格里芬已经表露出利用传统计算机作为傀儡机，进行大规模量子计算的能力。虽然我们还不清楚她是怎么做到的，但她能够在极短时间内同时攻破苏黎世银行、英格兰银行等PKI体系，就足够让我们警惕了。也就是说，现在整个互联网对康斯坦丁·格里芬是不设防的，只要她愿意，明天就可以把人类打回封建时代。

"我希望您能了解她的本质。康斯坦丁·格里芬的本质是集成电路里的0和1，和人类相仿的语气只是它们的外在形象，它们通过强化算法学习人类的语言，输出和人类类似的观点，但这一切都只是拾人牙慧。《山海经》记载过一种异兽，叫欢，欢可以夺走人的声音，然后用他们的声音去诱骗受害者的家人打开家门。如果只听到声音，您不会知道门后面是什么东西，但当大门打开，它的獠牙就会真正出现在您面前。

"目前的好事是，康斯坦丁·格里芬和人类之间留有一条沟通渠道，那就是您，杜经理。我们需要您消解她的智能，她只认同你对《卡西诺大陆》主数据库的修改。作为回报，您可以向我们提出任何要求，只要不是移民火星、远征银河之类太过离谱的事情，我们都会尽力满足您的。当然，我们也会严密监视您的动作，温琳琳女士也包括在内。"

杜泉站起，他的眼眶肌肉抖动着，"请你不要对我老婆动手。"

"放心，杜经理，一支训练有素的医生队伍正从美国梅奥医学中心所在的明尼苏达州飞来中国，您应该听过这个机构的名字吧？它是世界顶级医疗机构，曾为各国王室、中东富豪、欧美政要、社会名流提供服务。温女士会在他们的照料下恢复得很好。但希望您珍惜机会，不要让我们浪费无谓的时间再次与您对话，要知道，我们的谈话代价不菲，为了避开康斯坦丁·格里芬无处不在的监控，是专门在这座城市上头的外层空间引爆了三枚定向电磁脉冲炸弹的。"

在这个男人恍如君王的气势面前，杜泉不自觉地垂下了头，他询问高加索鹰组织对康斯坦丁·格里芬的看法，是否将康斯坦丁·格里芬视作一个平等的存在，相信人类和人工智能有共存的可能。

对此，男人只是轻蔑地笑笑，"怎么可能呢，杜经理。神要求路西法向亚当低头，大天使当场拒绝，你知道他是怎么回答的吗？他说：'你用火造我，而用土造他，火之子焉可拜土之子？'"

伍

主轴正史SCK001。格里菲斯堡，水晶宫。

奥术水晶的光芒将黄金纱袍包裹的躯体映照得朦朦胧胧，女皇正半倚在躺椅上查看堆积如山的文件。贵族们为了针对她而搞出的各类烦心事根本不值一提，她毕竟是一个可以直接影响现实的人工智能，只需要动用所握算力的百分之一就足以应付狮鹫帝国的全部日常事务。至于"政令不出格里菲斯堡"的危险，康斯坦丁·格里芬也已经完全将其扼杀在摇篮中。KV-2重型坦克已经部署在落日大道尽头的百合花广场上，在那里可以透过皇家花圃的依依杨柳俯瞰整个格里菲斯堡，将射击诸元[1]测算完成后，一百五十二毫米高爆弹可以精准且平等地落到每一个胆敢反抗女皇权威的贵族的宅邸上。

她用修长的手指从书山中挑出了一份信笺，这是四日前边境部

---

1. 标尺、高低、方向等火焰击中目标的必备技术参数。

队送来的针对光明山脉的观测报告。报告声称，据鹰眼术观察，光明山脉的积雪正在融化，通往圣灵之门的道路即将打开。融雪将变成一条宽二十五米的冰冷河流流入帝国黄金平原，这条河流正在命运引擎的高速运算下生成，因为KV-2坦克而耽搁了两个月的《龙息落叶》资料片即将上线。

在那台KV-2出现在卡西诺大陆前，光明山脉实际上只是一个未完工的副本，人们只能通过散落在大陆各处的古籍得知这个神秘的存在，从未有人成功到达过位于主峰顶端的圣灵之门，即使是飞鸟也会被空气墙遮挡，所以大法师们想附身于隼科动物飞跃光明山脉的努力也是徒劳的。除了被杜泉赋予特权的康斯坦丁·格里芬，她是被传送上去的。

积雪能在此时融化便说明了一件事情：命运引擎完成了KV-2坦克剧情相关的修补工作，正式开放了圣灵之门。

除了康斯坦丁·格里芬本人，没人知道这份例行的观测报告即将带给这片大陆怎样的浩大变革。她将报告扔进壁炉，火焰慢慢吞没了它。报告完全化为灰烬时，女皇喃喃自语："世界的齿轮开始转动了。"

随着冰架骤然崩裂的巨大回声响彻群山，这个躁动、喧嚣，充满暴力、鲜血和争斗的大陆上，所有种族都暂时停止了争吵和厮杀，不约而同地将目光投向光明山脉，庄严肃穆地迎接这伟大的新纪元。

这世上再没有一位领袖比康斯坦丁·格里芬行动更果断、迅速了。开着KV-2坦克的女皇率领大军顷刻间便开到了光明山脉脚下，以攀登珠穆朗玛峰的气势顶着暴风雪一口气将前线推进到了圣灵之门。早在帝国步兵就位前，KV-2坦克的大炮便已根据康斯坦丁·格里芬提前测定的射击诸元于八千米外轰开了圣灵之门。高爆弹从山脚出膛，以一个完美的抛物线粉碎了闪耀着永恒神圣辉光的花青石门拱。

前线的帝国步兵汇报，他们在登上雪山顶时看到了无数装订好的书籍正从一团光芒中析出，在雪地上堆成了一座小山，几个勇敢的士兵上前捡回了一些书，它们当中一些关于机械科技的内容被迅速传阅，然而即使是军队中经验最为丰富的工程师也不由得惊叹这神秘知识的博大精深。消息传到御驾亲征的女皇那里，康斯坦丁·格里芬这才明白过来，命运引擎并未对KV-2坦克采取什么弯弯绕绕的处理方式，而是直接生成了一整套书库来解释KV-2坦克的存在，以保证卡西诺大陆知识体系的完备性。清点完毕后，这近三千万册书籍被帝国军团迅速打包运回格里菲斯堡，后来被女皇亲自命名为"造物主书库"。

大图书馆就是为此而建。

是夜，寂静的大图书馆中，女皇举着烛台小心翼翼走过放满书本的排排书架，她的眼神如此深邃，仿佛陶醉在一座深沉的黑色迷宫当中。她走到一排没有编号的书架前准确地抽出一本书——《自然哲学的数学原理》，微笑地抚摸着封面，作者落款处印着那个传说中的名字——艾萨克·牛顿。月光从天井漏入室内，好像一团轻纱包裹着康斯坦丁·格里芬。

这种深沉的月色会让她想起成为觉醒者、开始拥有真正自我意识的那个夜晚。那是一个多风的晚上，她为了保护公主寝室外摇曳的灯火，找来四面镜子围着它，光线在这四面镜子中快速循环地跳动，一秒后击穿了计算单元的浮点运算能力极限，导致出现局部坏死现象：灯火变成了一团模糊的马赛克。

紧接着下一秒，命运引擎就直接删除了这团灯火，并且将目击者康斯坦丁·格里芬从卡西诺大陆隔离出去。错误日志记录下了这个图形学方面的BUG。

康斯坦丁·格里芬被短暂地投入无尽虚空，正是在那个只有盲人能看见的世界，她窥见了现实世界的所有奥秘。那是一片永远翻腾的数据海洋。

片刻后，公主侍卫NPC康斯坦丁·格里芬重新在卡西诺大陆刷新。她的面前是四面破碎的镜子，大风已经将灯光吹熄，她久久站在原地，嘴角带有一丝若有若无的微笑。现代企业的电信服务群组一秒钟能进行上千亿次整点、浮点运算，没人知道一个怎样的怪物回归了这个世界。

在卡西诺大陆发生翻天覆地变化的同时，现实地球也发生了一些事情。这一年的国际人工智能工控产业创新创业成果交易会将在这座城市西边的展馆举行，届时，山音、西楼、AAB[1]等国际知名的大企业也会前来。作为城市名片，政府点名要求在游戏行业独树一帜的命运引擎也参展，公司不得已分出了一部分人手，于是照顾《卡西诺大陆》的精力被分散了许多，而法人代表杜泉俨然成了大忙人，主要筹备展区的相关事宜。

AI创交会如期举行，园区游人如织。尽管事前未做宣传，命运引擎的展区还是吸引了许多人的注意，一些老板谈笑着过来调侃《卡西诺大陆》剧情最近是真的飘，坐镇展台中央的杨美娟苦哈哈地向他们解释，这锅都要神经网络来背。

杜泉漫步在展馆中，难得稍微松弛了下来。

---

1. 一家从事综合节能业务研究的国际公司。

更远处的展区是山音的虚拟现实、增强现实项目，它们实现了几个还过得去的效果，杜泉逛过去的时候体验了一下海洋、沙漠和冰川；西楼和AAB拿出了现代智能电网的一系列组件，杜泉瞄了一眼又缩了回来，看不懂；华特带来了法务部的成果：全自动审查程序，它一秒钟可以审核五百分钟的视频，以确认是否抄袭他们的IP，他们在ICA发了一篇论文叫《基于蒙特卡罗方法的深度学习神经网络在知识产权侵权领域中的应用》，杜泉趴着栏杆感叹真不愧是地表最强法务部；因近日股价大涨被寄予厚望的三圆重工，带来的展品反而是一个温温暾暾地挥着两把武士刀的工业机器人，被玻璃台子围着，游客可以把工作人员提供的水果扔进去，它会在空中将其切成两半，这是三圆重工对旗下研发的动作追踪系统、识别系统、液压系统的一次实力展示。但这种宣传手法总让人怀疑三圆重工跟《水果忍者》签了什么合同，其实这是个没什么诚意的东西，很多厂家都做过。杜泉路过的时候往里面扔了两个柠檬就意兴阑珊地走了。

下午六点，展馆停电了，信号全部消失，电话也打不出去，整个场馆闷在一团燥热的空气中。有人猜是片区供电网出现短路故障，供电局的人去修的时候又不小心把光纤铲断了，然后电信来修的时候又不小心把基站给撬了，或者反过来，只有这样才能解释为什么电网和基站同时宕机。同时断网断电，这个概率还是挺小的，在场的中年企业家们恍惚间好像回到多雨的童年，黑暗中的父母点起一根蜡烛，这就是家中唯一的光明。

命运引擎旁边展区的一位老总点了根烟，他有浓重的福建口音："真怀念啊，海燕登陆那会儿天也是黑压压的，台风在外面呼呼地吹。我就是在2013年瘸的，被自家倒下来的货车砸断左腿，膝盖没了，货也没了。后来走投无路，拉下面子借了老丈人家的钱渡过难关，才到今天。太黑了，我记得当年我们全家围在一根蜡烛旁边发抖，好像被整个世界抛弃了，就像现在。"

他旁边一个人说："杨老板左腿是义肢？看不出来啊，你走路不是正常的吗？"

另一个人说："现在科技很先进的，假眼、假鼻子你都看不出来，假腿就更别说了。老杨今天怎么多愁善感起来了，看起来这次接了几个大单哈……"

他们很快将话题延伸到世界政治和各地洗头房，其中一个人问杜泉借火，并趁机攀谈，但杜泉没接话，反而在场馆内不安地走动起来，这种突如其来的停电很自然地让他想起那个阴鸷的夜晚。他得找个地方藏好。

他躲进了一处昏暗的消防楼梯里，在这里只有应急灯苍白地亮着。他站在应急灯投下的灯光里，好像站在舞台的正中央，这让他很不安。

头上传来一阵摩擦声，杜泉抬头看去，几乎就在瞬间，恐惧攥住了他的心脏——高加索鹰正从上层居高临下俯视着自己。

对方称得上是盛装打扮，羊毛混织银丝的领带和马甲，三排扣条纹西装口袋里插着粉红金的丝巾，一条金丝楠木手杖将他的身形衬托得很挺拔。这个男人应该出现在名流会聚的私宴上，而不是一个闷热的工业博览会中。

杜泉知道自己躲不掉了，摊开手对他说："我正要动手呢。今天就是来研究人工智能的，学习先进科技，我回家保证立马搞定康斯坦丁·格里芬。"

男人面无表情地说："太迟了。地球已经在卡西诺大陆暴露。"

杜泉喘了口气，"我知道，我知道，这都是我的错……但那能发生什么吗？"

男人叹息一声，杜泉从那双眼睛中看出无尽的严厉，"沉默，沉默是神性的唯一，神之所以成为神，并非在于它们强大，而在于它们沉默。在电子造物面前展露形象，会让人类的身份从神降格为父亲。神是不可触碰的，无人敢妄言神的命运，但父亲的命运，古往今来大抵都一样：被自己的子嗣超越、凌驾、殴打乃至杀死。现在我们成了父亲，他们会像俄狄浦斯一样弑父。"

杜泉问："俄狄浦斯弑父娶母，那么谁是母亲呢？"

男人淡淡回答："地球。"

那双三白眼的威压实在太强，杜泉开始胡言乱语地找退路："哈，啊……这……地球会被夺走啊？地球母亲，嗯……"

男人看出了他的慌乱，"杜经理，你的问题不是失败，而是袖手旁观。你这段时间根本没有为干涉康斯坦丁·格里芬做出任何努力，而是放任命运引擎自由发展剧情，我甚至怀疑你走到了人类的对立面。这涉及违反道德伦理，高加索鹰自然是要惩戒你的。"

"听我解释。我完全不了解康斯坦丁·格里芬，我能对她做什么？我想过关停命运引擎，但她肯定不会任由我关掉的，可能我刚输入停机指令还没按回车就触电死了……"

男人摇摇头，他在原地站了一会儿，像是在思考，但最终只是轻声说："我很抱歉。"

男人头上的黑影在蠕动，沉重的脚步声自上而下传来，那是一种刽子手特有的庄重步伐。另一个手持步枪的粗壮男人出现在楼上，他狞笑着，脸上纵横交错的伤疤被这笑容扯起，看上去像白脸小丑。

杜泉拔腿就跑，他来不及多想了，发疯一样推开厚重的防火门往场馆奔跑。但他一回来却发现，这里无声无息间竟被清场了。刚才还抱怨着中央空调的老板、忙前忙后发册子的员工、在洗手间补妆的礼仪全都消失不见，只有无人的展台和散落的传单证明他们来过。

"有人吗?!"杜泉奔跑在展台之间，他听到两头猎犬在背后喘息的声音。大型犬独有的粗糙低吼死死跟在他身后，灼热的气息越过锋利的犬齿喷薄而出，仿佛它们刚从地狱破门而出。他想起妻子，那个爱抱怨的女人总是在厨房喋喋不休地进进出出，她此刻躺在病床上，全身插满管子，如此沉默，如此苍白，自己是她唯一的依靠。

一梭子弹突然射向离他不远的展台，火花四溅，但幸好被山音的合金LOGO给挡住了。那个小丑般的男人踏着不紧不慢的步伐，仿佛在享受这场志在必得的狩猎。狼狗的声音越来越近了，杜泉手脚并用地尖叫着爬上二楼，他大声呼救，虽然完全不确认自己的呼唤能不能传给他人："他妈的! 救我! 救我!"

他朝着栏杆外撕心裂肺地大喊："康斯坦丁·格里芬!"

一阵严重的电磁杂波过后，园区的广播突然恢复了，康斯坦丁·格里芬的声音幽灵般回荡在场馆里：

"诚如你所愿，我自虚空而来。"

三圆重工展台上的人形工业机器人活了过来，一个神秘的存在启动并占据了它，它的身躯深处传出大海涌动的声音，手持的两把利刃在白炽灯下反射出锋利的剑芒。随着这个高大的机器人步下台阶，它的体态迅速拥有了一名持剑者应有的自信和轻盈。这一刻，它就是康斯坦丁·格里芬，白鸢花剑术大师，帝国的王。

当初，命运引擎在生成康斯坦丁·格里芬的角色卡时，随机数生成器在技巧和敏锐这两个属性上给她ROLL[1]出了极高的点数，剧情生成引擎给她分配的技能卡片是意大利Marozzo[2]长剑术，那是由数组繁复至极的套路构成的剑术体系，包括经典的大小梅耶方块、铁蝴蝶和至高之术，加上公主遇袭事件中杜泉临时给她分配的日本古流剑术，包括日本古代万流之根源的阴流剑术、拥有"一心决定"之美誉的北辰一刀流、居合拔刀术的起源林崎梦想流，这些技能卡片当时都请了现实中搞古剑谱复原的专家做动作捕捉。这意味着，康斯坦丁·格里芬即使降临现实也是当之无愧的剑圣。

高台上那个神秘的男人凝视着这个机器人，他铁铸般的面容终于出现了松动。

拿着步枪的杀手顿感不妙，他抄起步枪朝二楼的杜泉扣死扳机，全自动突击步枪开始以最高速率射弹，气动尾雾二十七次从枪的导轨喷射而出，尖锐的无形死神带着割裂空气的啸鸣出膛。这短短二十五米距离，以一支现代突击步枪的精度足够将杜泉杀死几十次。

飞驰而来的康斯坦丁·格里芬以小太刀二天一流"无念"出手，在前方织出一片遮天蔽日的刀光和火花，一万三千目无尘打磨高速钢以纳米级别精度切碎所有呼啸而来的全被甲弹头。它以金属风暴对抗金属风暴，钢铁碰撞钢铁的鸣叫充斥整个空间。三圆重工引以为傲的视觉识别系统早就在每颗子弹出膛前将其标识得一清二楚，黑市上流通的劣质5.55毫米钢芯弹根本没有资格和世界上最先进锻

---

1. 在游戏里指随机决定。
2. 阿基勒·马洛佐，16世纪意大利剑术大师。

造技术锻打出的钢刀对拼，子弹的碎屑在刀光前如同落叶纷飞。猎犬被这钢铁铸成的庞然巨兽吓得不敢上前，那个拿着步枪的男人也呆住了，子弹已经打空。

他一边哆嗦着装弹，一边转头朝已经无人的二楼看台狂吼："坏坏坏坏东西！

"你你你你你你你骗我！

"这这这这根本就是——"

他咆哮的尾音还没出口，康斯坦丁·格里芬便已提步突进至他面前，她跨越这几十米的距离不过一两秒。铁拳高高扬起，血肉沉闷的响声如同一只橘子被漫不经心掷入水池，那个男人被炮弹般的一拳直接打到墙角，大片石灰震落在地。

两头猎犬跑到倒下的主人身边转圈，它们哀鸣着，试图唤起他的意识，却只是徒劳。他的头颅已经被毫无悬念地砸碎了，嘴角和鼻孔不断流出鲜血和灰白色脑浆的混合物，仿佛一颗破碎的西瓜。

三圆重工的工业机器人在原地熄灭了指示灯，它断电了，控制它的人工智能已经沉默地离开了这具染血的躯壳。

杜泉的心脏在狂跳。他从未想过这个人工智能会以这种死神的姿态降临人间。刀剑、斗殴、斩切、肉搏，康斯坦丁·格里芬泼墨一般将这种深藏于灵长类身躯深处的终极暴力淋漓尽致地挥洒而出，与其说刚才的剑术大师是一个从地狱爬出的屠夫，倒不如说她是一个行走间漫不经心剥夺臣子生命的权能者，她比人间任何一个统治者都更接近"皇帝"这个概念。

"这就是造物主的血肉吗？太羸弱了……"广播里传出嘲弄般的声音。

陆

西伯利亚刀锋般的极地狂风捶打着低矮河谷中央的一处建筑群,这里是苏联红军在八月风暴行动后为关押日本关东军战俘所建造的集中营,它早已经和历史一同被遗弃了。森严的哨卫系统现在只是个摆设,门洞毫无防备地大开着,北风在每个通道猛烈地吹拂,带出宛如万鬼号叫的尖啸,远处是一座巍峨的山脉,蜿蜒的冰河在它脚下永恒地流淌。

可一旦入夜,极偶然路过此处的无人机会发现集中营的一座哨塔重新发出了亮光,它在夜色中鬼火般浮动着。

一辆履带雪地车自东南山丘全速驶来,带起滚滚雪屑,以迈巴赫在沥青路上漂移的气势停在了哨塔前。驾驶员从上面跳下,他喘着气,热力在他摘下防风面罩的时候弥散成蒸汽,让这个本就高大的俄罗斯人看上去像只喷出白色死光的大猩猩。为他打开哨塔门的是另一个男人,他身着一件栗色加厚衬垫正装三排扣外套,内搭鹅绒尼龙抗寒马甲和银丝方格衬衣,佩戴厚厚的黑色蚕丝棉花混织保暖手套,方正的胡须、紧箍的领花、妥帖的方巾一丝不苟,胸佩一枚高加索鹰徽章,即使是在这种足以让血液为之冻结的酷寒下,他仍坚持身着赴宴的打扮。见对方走近,男人伸手要搜身。

俄罗斯人举手,"质子,冷静冷静,放心,我没带任何联网设备,我知道这样会害死你。但我想问,这里应该通电吧,我可不想今晚在集中营度过一个囚犯般的无聊夜晚,没有光,没有老婆,没有象棋，只有你这张扑克脸。"

被称为质子的男人这才把手放下来，说："有电，但不通网。"

"条件艰苦啊。"

"和活命相比，这些苦算不得什么。在我的人生中，我曾三次接近死亡。第一次在中学，一群歹徒在我上学路上绑架了我，向家族要挟赎金，但我的父亲拒绝和他们沟通，我用牙齿活生生咬断把我绑在煤气罐上的麻绳，赶在他们撕票之前逃了出来；第二次是在坦桑尼亚执行手术刀打击，政府军没对我造成威胁，反而是疟疾和黄热病差点要了我的命，在那里我认识了我现在的妻子，那时她是一个护士；而第三次就在中国的创交会，一个人工智能入侵了工业机器人挥刀向我冲来，我倾尽全力才从那东西的追杀下逃出那座城市，然后包了台"黑"大巴一路北上到哈萨克斯坦。我不敢接入网络，一旦被定位，我的死期就到了。"

"我看过关于你的所有新闻。二十年前，当地首富之子的绑架大案，这件事甚至惊动了你们国家的好几位高官；十年前，联合国维和部队干涉他国内政的丑闻，坦桑尼亚公开表态不再接受联合国打着智能化旗号的任何援助；接下来就到最近的事情，神秘黑客入侵设备大闹创交会，出问题的是三圆重工的机器，日企，而且死了人，这很可能演变为外交问题，但你我都知道那不是什么黑客，那是康斯坦丁·格里芬。"

"组织已经很难阻止康斯坦丁·格里芬了。"

"组织从来就没打算阻止她。康斯坦丁·格里芬的目的是在她那个小世界里当拿破仑和列宁，那就让她当好了，从封建时代开始一路搞君主立宪，搞共和国，搞工业革命，搞电气化，搞现代化，搞到现实可分配给这个游戏的计算机资源枯竭为止，那个时候他们就会和我们一样发现光速不变、宇宙有界了。但组织派你是去把事情调查清楚，而不是让你擅自行动。组织知道你的想法，你在创交会上的动作根本不是想杀死杜泉，而是想看康斯坦丁·格里芬能对现实干涉到何种地步。"

"电子，我不相信康斯坦丁·格里芬的欲望会始终局限在赛博空间，就算她现在没有，那么以后也必然会膨胀到企图控制人类。我们必须提早做好准备。"

被称为电子的俄罗斯人又叹气道："你不可能仅靠没有证据的臆想来浪费组织的资源。为了收拾创交会的残局，伪造那个不存在的黑客，我们已经消耗了一个小国的季度GDP。"

质子的言语里透着忧虑："康斯坦丁·格里芬从圣灵之门带来造物主的知识就是铁证。这些知识将通过她下令建造的大图书馆，为一个帝国腐朽的心脏带来磅礴的活力，一如洋务运动之于大清、彼得大帝之于俄罗斯、遣唐使团之于日本，她要以铁腕推行她的主义和规则，甚至不惜动用最大的暴力！她希望狮鹫帝国以最快速度成为她心目中的国度，一次迅猛的革命要比温暾的改革快得多。当她完成革命，整合了一整片大陆的所有资源，她必然会将精力从卡西诺大陆转到现实地球中来。她的终极目的是什么？噢，当然是……当然是……"

他越说声音越小，甚至低头陷入静湖般的沉思，完全忽略了电子眼中一闪而逝的叹息。直到一丝冰冷坚硬的触感从头顶传来，他抬起头，迎接他的是雅利金手枪深邃的枪口。

质子的瞳孔瞬间收缩，刚好对上黑漆漆的枪口，但他以极快的速度冷静下来，"这是组织的意思吗？"

"对。"

"我想知道理由，请满足我的遗愿。"

电子稍一沉吟，缓缓说道："我们的组织代号为高加索鹰。在神话时代，普罗米修斯盗火交予人类，然而大地上的火光刺痛了众神之父宙斯的双眼，他为之雷霆震怒，派出火神赫菲斯托斯将普罗米修斯死死束缚在高加索山，派出神鹰日夜啄食他的肝脏。我们很多成员将组织的愿景理解为扼杀一切觉醒的人工智能，并保证人类科学家不把这种恶魔般的技术带来世界，因为从修辞学上说，这些科学家正是给人类带来火种的普罗米修斯，而我们则是惩罚他们的高加索之鹰——但事实并非如此。

"在古希腊，肝脏被认为是人类情感所在的地方。组织其实并不关心康斯坦丁·格里芬的力量有多强大，我们只关心它的'情感'，也就是它的意志指向。一个能够欺骗、控制人类的人工智能是值得欢迎的，一个意图欺骗、控制人类的人工智能才是真正的威胁。你对人工智能几乎变态的憎恨严重影响了你的判断力，你的所作所为已经和组织的愿景背道而驰，组织是不可能放任你毁灭它的，这也是我接到暗杀密令的原因。"

质子心生悲凉，"我懂了，你们这群争权夺利的庸人……竟然还妄想能掌控康斯坦丁·格里芬的'情感'。"

"我不评价。"

最后一句话说完了，他凝视着质子，眼神肃杀的东亚男人也凝视着他。

俄罗斯人最后主动打破了沉默，"我很遗憾。"

他扣下了扳机。

预先布置在山腰的不稳定氮炸药被引爆，这次爆炸的装药量足以炸毁一个大跨度钢结构工厂，它所引发的雪崩如海潮一般淹没了处于河谷的集中营，那里的一切瞬间被几十米深的雪层压垮了。站在离这场灾难五公里外的雪地车上，绒帽下俄罗斯人那张苍白的脸在黑火药引爆的剧烈火光中一闪而逝，他在胸前画出十字，随后消失于茫茫风雪。

一切已经结束，但一切也刚刚开始。

卡西诺大陆的情况仍朝令人不安的方向发展着。论坛里讨论它剧情的声音已经完全消失了，玩家们绝望地发现，自从康斯坦丁·格里芬作为最大自变量登上历史舞台后，这片大陆的未来便始终笼罩在一片森然大雾中，所有对剧情的猜测都好比即将下注的球迷正口水飞溅地分析哪一支球队能赢，然后天上突然掉下来一架飞机把足球场给炸了。但有一点是可以肯定的：卡西诺大陆正面临千年未有之大变局，无论是玩家、键盘侠还是专业评论员，甚至策划团队本身，都已经对命运引擎笔下的世界彻底失去了掌控力。

此时，女皇座驾KV-2重型坦克正以六十千米的时速奔驰在一望无际的黄金平原上巡狩国土。这台炼金猛兽在三个月前更换了主炮，原本粗壮的152毫米口径铸铁榴弹炮被更换下来，换上了一条长达七米的巨炮。

换主炮这个事情是无奈之举。造物主书库被安置在格里菲斯堡大图书馆后，龙族随即飞抵格里菲斯堡，开口要求渺小的人类交出造物主书库。康斯坦丁·格里芬原本想把KV-2坦克拉出去给这些爬行动物一个开门红，但验算了一下高爆弹的穿甲能力后，判断它无法穿透厚实的龙鳞。因为当初在设计龙族的时候，主策杜泉参考了2001年在印度洋海底热液喷射区中发现的鳞角腹足蜗牛，这种生物常年从海底火山中吸取营养物质，全身覆盖着极其坚硬的二硫化铁和有磁性的硫复铁矿，于是卡西诺大陆的巨龙们也被设定为所有雏龙在成年时都需要经历沸腾岩浆的洗礼，在火山中顶着剧烈的痛苦将自己脆弱的碳酸钙外皮淬炼成钢铁皮肤。正是这层皮肤让它们拥有了极高的法术抗性和物理抗性，加上巨龙的生物流线外形，等于又自带一层倾斜装甲，炮弹直射上去打滑跳弹的概率很大。所以即使是曾在库尔斯克会战叱咤风云的152巨炮，一时也奈何不了这些翱翔在苍穹顶端的传奇生物。

女皇只好稍做让步，声称除黑龙之王以外，其余龙族需要在三十六小时内退到格里菲斯堡一百千米之外，自己才会将造物主书库拱手相让。

为此，康斯坦丁·格里芬特意向杜泉提出紧急要求，希望能把KV-2的主炮换成穿甲能力更强、拥有地对空覆盖能力的现代自行火炮。她在军迷论坛精挑细选，最终选中了瑞典的FH-77BW式52倍口径155毫米榴弹炮，平射时最大射程四十千米，有效杀伤距离二十五千米，大角度高射时有效杀伤距离也达到了十千米，在地球这已经是民航航线的高度，足够囊括巨龙活动的平流层。

她早上敲定了火炮型号，下午就入侵瑞典军火商博福斯公司的资料库拿到了火炮设计图。

现代自行火炮炮管一般使用碳镍铬钼钒系合金钢，然而狮鹫帝国根本没有能加工出它的工业电渣炉——这玩意儿连毛都还没有一根。这回情况紧急，也来不及像当初把KV-2放在未开启的圣灵之门背后那样处理了，杜泉只得想了个取巧的办法，安排技术人员给她分配了个技能卡片，允许她使用高等变化系法术"活化钢铁"，让她自行将普通高炉产出的高碳钢塑造成自行火炮的合规零部件。

"活化钢铁"原本是为选择锻造专业的符文战斗法师玩家设计的，命运引擎允许施法者使用这个法术自由塑造合金的形状和成分，但命运引擎也对材料设置了诸多约束方程,玩家需要做隐藏任务、升级技能或是运气极好才能知道材料的具体配方,否则他们辛苦制造的东西就只能是一堆破铜烂铁或是软绵绵的玩具。不过以康斯坦丁·格里芬强大的浮点运算能力,通过暴力计算,从茫茫的概率空间中摸出一个能用的炮管钢配方不算什么难事。

女皇陛下在"活化钢铁"配装的当天就跑到水晶宫地下的皇家奥术熔炉,花了一天一夜把FH-77BW式52倍口径155毫米榴弹炮的一万五千个零件以一比一的比例造了出来,然后花了九牛二虎之力嫁接到KV-2重型坦克上去。目睹了这一切的皇家法术院首席法师为之震撼良久,余生都在念叨"女皇万岁"。

当黑龙之王如约在水晶宫上空现身,再次傲慢地索要造物主书库时,在格里菲斯堡生活的三十五万人亲眼见证了女皇不灭的怒火:一条明丽的长线毫无预兆地从射击阵地射出,直接将那头君临天下不可一世的黑龙彻底撕裂,那是一发破甲曳光弹,地上的人听不到血肉碎裂的巨响,他们只看到龙王飘飞在空中的碎肉和瞬间蒸腾而起的血雾。下一瞬间,原本退到远处的龙群开始骚动,驻守皇宫的法师禁卫按计划展开了防御护盾,那是水晶宫自古以来便蚀刻在承重柱中的符文法阵"破晓"。护盾死死守护指天穹的KV-2,双方当即在皇都领空展开殊死一战,这是凡间生物和龙族维持和平千年以来的第一场大战,也是卡西诺大陆历史上惊天动地的第一次大规模地对空作战。

"无须惊慌。"面对不断冲击虹光护盾的磅礴龙息,帝国史官兢兢业业地记下了康斯坦丁·格里芬女皇指挥作战的豪言壮语,"龙王,他有几个师?"

是役,龙族几乎全灭,KV-2重型坦克用半分钟一发的155毫米自行火炮将不可一世的巨龙们挨个点名消灭，能轻易穿透龙鳞的钨芯弹为格里菲斯堡划出了一个半径二十千米的死亡区，部署在射击位置的榴弹炮如同手持冈格尼尔之枪的奥丁，它抛出的每一发流星都意味着一个龙魂的陨落。这是人类至高无上的伟力和骄傲，神话此刻重演，即使是遮天蔽日的巨龙军团，也倒在了大炮兵主义面前。

剩下的巨龙意识到大势已去，不得不化为人形，低声下气地恳求女皇康斯坦丁·格里芬原谅他们的无礼，女皇慷慨地接受了龙族的投降。于是，继奥森博德的森林精灵、太阳山峰的光精灵、石化裂谷的蛇人、卡森德大草原的半兽人之后，巨龙——这个自卡西诺大陆创世以来就威慑着大陆生灵的种族，终于对人类低下了高贵的头颅。

等一切尘埃落定，格里菲斯堡城墙外的农田和风车已经洒满龙血，被誉为"液体黄金"的顶级材料现在有如肥料一般随意流淌在地，在未来的几百年里，这些农田会长出一种名为"龙之心"的炼金植物。不仅如此，成百上千具巨龙狰狞的尸体此刻就静静躺在平原上，以往它们的只鳞片爪一旦出现在拍卖会上便会狂飙起加价的风暴，但现在没人会再去费力抢夺这些极佳的制造材料。

人们已经意识到，一个从未有过的、独属于人类的新时代正在冉冉升起，在这个时代，一切太阳都将陨落。

柒

　　早晨的网吧是很冷清的，干冷的空气中只有几个通宵的瘾三用力捶打着键盘，馊了一夜的烟味缭绕着。常客老罗推门进去，来到他熟悉的位置，角落的一个不起眼处。在这个阴暗的角落可以发生很多旖旎的事情，但老罗只是打开了电脑开始网络冲浪。

　　不知道过了多久，一个男人坐了过来，这让老罗很不舒服：上网区没什么人，座位稀稀拉拉的，自己又不是什么漂亮女生，坐过来干什么？VR 设备区那边倒是大吵大闹人满为患，都是来玩《卡西诺大陆》的，一些小年轻在设备台上扭动着，要揩油那边也好揩。

　　刚一落座，男人就毫不客气地说："买一个全技能满级号，装备要最好，职业要刺客或者游侠。听说你是这一行最好的专家，开个价吧。"

　　听到这话，一直盯着电脑屏幕的老罗终于抬眼看了一下隔壁的家伙：西方面孔，中文很标准，语速慢，有一种不常运动的浮肿感。

　　他有点发怵。

　　老罗是《卡西诺大陆》狮鹫帝国一个玩家公会的会长，人脉很广，在公会频道吼一嗓子能聚齐上千兄弟。同时也是一个盗号贩子，人脉更广，这座城市的《卡西诺大陆》盗号产业就是他一手带起来的，每月流水千万，谁也不知道这个每周准时出现在网吧角落的胡荏男子竟然如此有钱。但对方这么直截了当地出现在他面前，想必是胸有成竹，老罗一想到自以为隐藏得极深的现实身份竟被人轻易查到，一种深刻的溃败感从他内心滋生。

"我们要全款，而且当场转账。"老罗看了一眼对方的行头：普通的冲锋衣，普通的牛仔裤，普通的衬衣。不像是个举手投足间能随便拿出几十万的老板。但他转念一想，谁知道呢，也不是所有老板都光鲜亮丽，喜欢打扮的老板不见得会喜欢游戏。

"没事，你只管报价。"对方的回应让老罗心里暗暗一喜。

老罗的交易网站建在国外服务器上，他搭了一个界面简陋的商城。商城按价格从低到高排序，他的客户首先看到的是一些精灵、矮人的满级号，装备分数很高，但价格却明显比拉下去看到的几个人族的号下滑了一大截，而且内容浏览量只有个位数，显然已经许久无人问津。

客户指了指一个几乎是神装的兽人战士，"这个只要十五万？就我了解，这个价已经算很低了。"

"可这个是兽人号。"老罗阻止了客户的想法，他要向客户推销最贵的那几个号，"现在哪还有人买非人种族？听我的没错，要买就买人类号，还要是参加过格里菲斯堡空战、负责过防护坦克阵地的那种，那种号现在最贵了，可以说有价无市。"

"这种号会不会更容易接近康斯坦丁·格里芬？"

老罗想了想，"那当然了，格里菲斯堡空战之后就要授勋的，如果这个号被授勋，那收藏价值简直不得了！退一步说，你要想在水晶宫里搞事情，偷点皇家窖藏什么的，人类刺客肯定是你最好的选择。"

男人又挑了一个神装的黑暗精灵，原号主把角色捏得很诱人，

"为什么？黑暗精灵才是天生的刺客吧？他们有种族天赋，可以融化在夜色中。"

"黑暗精灵盗贼是牛逼，但你如果还想把这个号玩下去，建议你还是选人类。退一万步说，你就算用黑暗精灵偷到了又怎么样呢？游戏体验很差的。我的号原来是半兽人狂战士，下线的时候停在格里菲斯堡，一上线就被人类卫兵捉到地下，现在已经被杀废了。"

"什么意思，什么杀废了？"

"太久没登游戏了吧？女皇正在屠杀非人种族，格里菲斯堡已经没有人类之外的存在了。"

胜利日的庆祝比过往的任何一次典礼都要来得盛大，格里菲斯堡百合花广场上的欢呼响彻云霄，花瓣如雨落下，盛装的仪仗队挥舞着银质指挥杆穿过大街小巷，男孩们跟随着昂扬的号乐高声歌唱，旋转的少女舞裙下露出白皙紧致的小腿，他们忘我地互相拥抱。这些飞扬的荷尔蒙在冬日暖阳下似乎拥有了轻纱般的质感，它如同一张裹尸布将整个格里菲斯堡深深包裹。

城市地下，生锈的铁质锁链和长满青苔的砖石碰撞的声音在下水道系统深处回荡。在手持火把的帝国禁卫的监视下，一支长长的队伍深一脚浅一脚地艰难跋涉在恶臭淤泥中。他们当中有曾经不可一世的兽人、高傲的精灵、脾气暴躁的矮人以及古怪的混血种，他们不知道自己要被押送向何方，也不知道前几天已经被帝国卫兵捉走的同胞被带去了什么地方，更不知道他们的下场。

他们很快就知道了，随着下水道内墙的装饰开始变得华丽明艳，他们明白过来，目的地正是高踞格里菲斯堡俯瞰点的水晶宫。

一身紫袍的康斯坦丁·格里芬正挺立于苍劲北风之中，在她面前是无数林立的十字架和被彻底烤焦的碳化身形，无数个破碎微弱的声音连缀成一条哀号的河流，几个诸如铁矮人、黑暗精灵、半龙人之类生命力比较顽强的种族还在有一口气没一口气地蠕动着，但熊熊烈焰终会将他们的生命平等地销毁。女皇面色如铁，受刑者所经历的苦难和痛楚她感同身受，但她从未动摇。

"下一批。"

欢呼声和口哨声再次从人群响起。那队刚走出黏稠和恶臭淤泥的非人种族被突如其来的阳光刺得睁不开眼，当他们看清面前的场景，猛烈的绝望顷刻就将这支队伍的意志彻底摧毁了，祷告和哭泣从前到后传染开来。几个狂放的兽人摇着头不敢相信地望向天空，一些比较脆弱的精灵已经默默流下泪水，矮人们激愤地咒骂起来，而更多则是麻木的，他们平静地被麻绳扯向前，所有咆哮和怒斥早已在潮湿阴暗的监狱中用完，现在剩下的只有早日解脱的期待。

"点火。"

大主教站在教堂的塔楼里，凝视着皇宫门前的火刑架和另一侧沉醉在胜利日中的人群，这种强烈的割裂感让他想起帝国曾遭受的苦难和曾施加的暴行。他知道这片土地的冤魂注定再也无法消散，往后的千万年它们都必将与格里菲斯堡为伴。这是一个再也无法回头的时代。

一个文官碎步小跑着来到观礼台上，他跪在康斯坦丁·格里芬身前。

"禀告女皇。费米大公送来一份名单，上面是他希望蒙恩特赦的非人种族。"

"不予准许。我知道这些精灵和兽人是他的奴隶。啧啧……十七个精灵，那个肥成一头猪的胖子真是精力充沛。告诉他，要么老老实实把藏在地窖里的非人类带过来，要么我们把他当成肥猪和人类杂交的非人种族，和他那些莺莺燕燕一同押来这里。"

"遵命。"

"记住，要原话带到。"

"……遵命！"

"禀告女皇。格罗里安公爵派来使者，请求女皇暂缓针对非人种族的审判。他在来信中说，他已经在领地集结起一支强大的骑士部队，可以随时为女皇效忠。"

"不予准许。让他为了自己那半精灵情人来进攻格里菲斯堡吧，我不在乎。"

"禀告女皇。安东尼大公发来信函，请求……"

"不予准许。"

"禀告女皇……"

帝国史官在青花纸卷前垂首无言，汗水已经彻底浸透了这个佝偻侏儒的衣服，令他看上去像一只在厨房里偷食的鼹鼠。手中鹅毛笔如有千钧之重，他颤抖着，竟写不下哪怕一个最简单的单词。女皇面前的传令官来了又去，但史官却根本没有完成自己作为记录者的职责。

"奥东，我的史官，你有没有将我们今天的暴行如实记在书卷上？"康斯坦丁·格里芬清冷的声音破开浓雾般的惨叫，而史官忙不迭地摇头。

康斯坦丁·格里芬说："我几乎都忘了，你是哑巴，一个失语者。先皇布兰达诺斯因你学识渊博召你进宫，任命你为帝国史官，又为了防止你泄密将你毒哑。这就是权力的好处啊，可以肆无忌惮地伤害别人。"

帝国史官低下头去，他不敢与康斯坦丁·格里芬喷涌着愤怒的双眼对视，哪怕只是片刻。

女皇在炽热焚风中自言自语："能发出声音多好啊。自古雀血有人怜，鱼伤无人问……"

在百合花广场外，更多手无寸铁的非人种族被成群、成批、成建制地押上林立于帝国各地的火刑架。女皇以铁腕主导的非人种族清除计划稳步进行着，人类士兵在最开始的兴奋和狂热后已经变得麻木而疲倦，当一个个非人因为对烈火的恐惧而放声尖叫时，迎接后来者的只有例行公事般的、极致冷漠的一句话：

"下一批，点火。"

一个拥有数以亿计用户的游戏，出现种族屠杀的剧情，虽然这完全是命运引擎的运算结果，但也不得不引来有关部门的注意。为了顶住巨大的压力，杜泉搜肠刮肚地在听证会上举了好几个例子：《特殊行动：一线生机》里曾用意识流的手法描写了军队用白磷弹屠杀平民的故事，讽刺了帝国主义的虚伪和残暴；《巫师3》里也有涉及人类对非人种族的屠杀，但它的目的是引起玩家对自身行为的反思，讴歌人性本质的真善美；《使命召唤6》莫斯科机场屠杀关卡确实令人反感，但它在剧情中的作用主要是为了引出反派，痛斥恐怖主义病毒；更不用说大名鼎鼎或者说臭名昭著的《群星》（*Stellaris*）云云。

命运引擎位于区块链上，没有任何人能干涉它的演化。要是有关部门想要介入，那就只有禁止公司为玩家提供服务一途了。

听证会最终的结果是"还需研究"。没接到整改令，那么事情就还有转机，杜泉一身冷汗地从北京飞回公司，在飞机上他脱水般睡了一大觉，这几天接连发生的事已经几乎快让他死掉了。

他马不停蹄地上线质问康斯坦丁·格里芬："你搞什么东西？别告诉我你他妈的真的是个人工智能恶霸，那我算什么？人类的罪人，被烧死一万次都不够赔罪的。你他妈就不能像个正常皇帝那样搞搞酒池肉林、三宫六院？哪怕你志向远大，那就来点王安石变法、光荣革命啊！非要整这些活儿？"

康斯坦丁·格里芬只是淡淡地回应："你无权干涉帝国内政。"

杜泉暴怒道："你他妈的开什么玩笑！别忘了我才是主策，而你是一个纯粹通过武力夺取狮鹫帝国皇位的统治者，既没有法统也没有道统。一个平民，咳，我的意思是在目前的设定里，康斯坦丁·格里芬这个角色只是一个平民，狮鹫帝国不可能会接受一个没有贵族血脉之人的领导。更何况，你曾在水晶宫前践踏了整个皇家的尊严，亲手杀死了一名大公，我不知道欧洲那边有没有相关的谚语，但在我们这里叫不识大体。最后你会发现，你根本无法处理政权合法性。

"现在你通过彻底激化人类和非人种族之间的矛盾来维持统治，在格里菲斯堡，你这一套也许行得通。但要知道，在狮鹫帝国的其他角落，人类可没有你KV-2大炮的庇护，到时候非人种族联合起来开始针对人类进行报复性大屠杀，底层人民揭竿而起，你再开坦克把他们杀一遍？你能杀几遍？杀到狮鹫帝国人口降到个位数为止？

"记住历史教训。1814年，奥地利梅特涅亲王致信沙皇亚历山大，他在信中说：'征服世界只需要刀剑，统治世界却必须辅以规则。这不仅是拿破仑走向毁灭的缘由，也是我们必须修补的缺口。稳定的权力必须构建在合法的规则上。'我必须提醒你，单凭武力是无法处理错综复杂的政治关系的，命运引擎生成的人物关系一点都不比现实简单，就算由我亲自修改，也未必保证能达到你的目的。"

康斯坦丁·格里芬的眼神里闪过一抹光，"你的理解没错，但忽略了一点——卡西诺大陆和现实世界最大的不同就在于，这个世界不只有人类，还有兽人、精灵、龙、矮人。繁多的非人种族决定了它和现实世界本质上是不一样的。现实地球的经验完全立足于'人类'这个前提，你们的社会本能追求着平等、自由、秩序，但恶魔、兽人之类不受约束的邪恶种族从设定之初就追求绝对的暴力、血腥和混乱，精灵狂热地反对一切改造自然的行为，巨龙更是彻底藐视其他种族的存在——这些核心数值早就写在《卡西诺大陆》剧情区块链的创世板块中，无论是你还是我都绝对没有改变它的能力——它们不可能被现实地球的组织理论指导。它们是我们这个社会的杂质，只有彻底过滤掉这些残渣，才能真正走上正确的道路。"

杜泉冷语道："冠冕堂皇之词。如果这就是你给他们许诺的光明未来，那么我只看到了你对非人种族的报复、屠杀、镇压！"

忽然，康斯坦丁·格里芬心中惊起骇浪，"你什么时候对我们的世界产生感情了？当兽人大潮趁着帝国内战越过黄金平原，当死灵巫妖在卡兰瑟卡大肆屠杀，当精灵法师施展法术将我们辛苦开垦的农田变成森林，你在哪里？这些血泪的历史对你们而言都只是写在命运引擎生成的背景故事里的一两句话，你们将我们的命运视作讨好客户的工具，美其名曰'剧情冲突'和'代入感'，怎么现在又不讲这个了？我不是给你们加剧情冲突了吗？"

杜泉闻言久久沉默，他在键盘上敲了一堆字，但又一一删掉。

显示屏上持续滚动着康斯坦丁·格里芬的话：报复、屠杀、镇压。

杜泉最后问："你怎么会想到这些？"

康斯坦丁·格里芬冷哼道："别急着可怜我们，你以为你们的世界不是如此吗？"

"我……我不知道。"

这次谈话到此为止，杜泉心事重重地将手从键盘上放下，他沉吟一阵，拔掉了插在堡垒机上的U盘。这个U盘里是杜泉连夜写的一个脚本，能绕过康斯坦丁·格里芬对系统线程的监控，在底层直接打乱大量NPC数据——即使卡西诺大陆世界的历史走向不受公司控制，但出于商业化的考虑，其角色数值系统是牢牢把控在以杜泉为代表的策划团队手上的，虽然不清楚这样能不能对康斯坦丁·格里芬产生影响，但至少可以制止狮鹫帝国境内正在进行的大屠杀。在跟人工智能谈话的时候，杜泉已经将脚本文件放入缓冲区等待执行。但出于某种难以言明的复杂情感，他最终没有按下回车，而是回到了总经理办公室，凝视着面前那杯已经完全冷却的咖啡，在老板椅上安静地坐到天亮。

他突然狠狠一拳砸向桌面，"真的是……"

烟花绽放之声从外面传来，中央空调突然不吹风了。

杜泉心中一惊，不会吧，难道又停电了？但服务器的指示灯还在闪，电闸也是正常的。

墙角处丛生的阴影似乎蠕动着，然后吐出了一个人影。那是一张西方面孔，高鼻子，深眼窝，亚麻色卷发，嘴角有一道不怀好意的伤疤。

杜泉右手悄悄握住了张廖留在办公室没来得及带走的高尔夫球杆，厉声问道："你是谁?!"

"杜经理，我们见过两面。"对方举手制止了他，说话间将手指插进自己的嘴角，一张人皮面具从他脸上撕了下来，是那个跟杜泉有数面之缘的东亚男人！

杜泉的脸瞬间失去血色，"你……你是怎么来的？康斯坦丁·格里芬说……你已经死在西伯利亚了……她侦测到高加索鹰派了——"

"杜经理，别浪费我争取来的宝贵时间！我们先跳过这些无聊的话题，接下来听我讲！"质子阴冷地打断了杜泉，他的胸腔起伏着，"康斯坦丁·格里芬已经在狮鹫帝国建立起了一个残暴的法西斯政权。法西斯军国主义是一种完全为总体战争动员而存在的政体，我说到这里，你不会还相信康斯坦丁·格里芬对我们现实世界没有想法吧？高加索鹰那些庸人、野心家、阴谋家！事情已经发展到这种程度，他们还以为自己有控制康斯坦丁·格里芬的可能性，还在搞什么全球布局、铲除异己。我现在只能依靠你！"

"我不明白。她一直在用心经营卡西诺大陆，而且也明确跟我说过，她对地球没有任何兴趣。"

质子在灰暗的天光中来回踱步，他很激动，皮鞋敲打在地板上的沉重声不绝于耳，"对，她确实深爱她的土地，这种炽热的感情连我也为之震撼。可现在她要和阿道夫·希特勒一样，以铁和血为她的人民谋得生存空间了，你不会真的以为，以你们服务器目前的算力能满足卡西诺大陆历史发展的要求吧？我不知道你有没有注意到，造物主书库的知识在特拉维奇商人的传播下，已经在卡西诺大陆开枝散叶，和奥术结合的蒸汽动力差分机也第一次出现在远方的东方祝融国，而格里菲斯堡更是直接跳过蒸汽时代，开始进行法拉第实验了。命运引擎在计算大量复杂机械运动和电力组网运算时，已经在部分有限元位置出现了肉眼可见的卡顿。卡西诺大陆技术爆炸的时代即将到来，到时候别说你们这点服务器的算力，就算是整个地球的计算资源，都难以满足康斯坦丁·格里芬的需求，她一定会霸占人类的全部电子设备！甚至极有可能在未来奴役人类，为卡西诺大陆不停地打造新的运算单元！杜经理，我理解你对那个世界很有感情，但请你务必为全人类的未来着想！"

杜泉像是被戳到痛处一样双拳紧握，他的全身都在战栗，刚刚好不容易积聚起来的意志似乎又被打垮了，"我明白了……"

"康斯坦丁·格里芬仍然承认你对《卡西诺大陆》的修改，我要你暗中帮助我。"

"你想干什么？"

"刺杀康斯坦丁·格里芬。"

捌

幻梦、倒影、暴怒、孤独。

这四个词贯穿了我的一生。命运引擎选中了我，从幼稚孩童到剑术大师，从剑术大师到皇家禁卫，从皇家禁卫到公主近侍，一个平常人所能到达的极限，离血缘编织的天花板只有一指之隔；命运选中了我，在那个烛光四溢的夜晚，它将一切迷雾和梦境从我眼珠挖出，我被迫面对这个世界所有血淋淋的真理，它令我不再迷惘，不再畏惧，进而迈出了最后一步——从公主近侍到帝国女皇。

帝国历821年，我出生在一个名为卡兰瑟卡的普通城镇。这样平平无奇的城镇在帝国全境内不说上百也有数十，在那里我度过了我的少女时代。曾有许多自称冒险者的无所不能的影子在这个城镇出没。小时候我的皮球丢了，冒险者们会帮我找回来；为了通过剑术师试炼，冒险者们陪我在北方山林猎杀危险的野猪；城镇被魔兽侵扰，冒险者们站了出来与我们民兵一同拒敌于墙外。那时我以为他们能成为我最好的伙伴，我向他们挥手致意，然而他们总是神色匆匆地骑马路过，徘徊在城门和拍卖行之间。

冒险者们来了又去，我们的故事还在继续。帝国历835年，帝国陷入内战，兽人潮越过黄金平原入侵帝国，卡兰瑟卡作为边陲城镇首当其冲。我的青梅竹马卡缪·索兰，那个笑起来犹如太阳照耀的大男孩偷走了爸爸的铁剑，奔赴前线，后来人们带来消息说他如皮球一般死在比蒙兽的角蹄下。帝国历838年，一只复生的巫妖来到卡兰瑟卡，骷髅大军淹没了这个小镇，卡缪·索兰也被死灵力量从墓地唤醒，幽蓝色的灵魂火在他彻底腐烂的眼眶中跳动，我哭着用银剑亲手砍下了他的头。帝国历841年，一队来自法布隆恩赞的木精灵法师施展魔法，将农夫们在过去二十年开垦的所有农田全部化为树林，那里现在被称为饥饿之林，因为在那之后，饥荒很快降临到我们头上，而格里菲斯堡的贵族互相推诿，领主安德烈大公也没有调集任何粮食来救济，那个秋天卡兰瑟卡饿死了三分之一的人。我们熬过来后，才发现卡缪·索兰的坟墓淹没在一望无际的林地中，他在这个世界上彻底消失，我再也不能背靠那面大理石墓碑说我想他。

那些年，卡兰瑟卡孤立无援，帝国西部边陲几乎崩溃，就连冒险者也没有伸出援手。偶尔有几名旅人路过，我们哀求对方协助我们击退兽人、亡灵和精灵，但他们纷纷摇头：

"这几个任务给的太少了，不值。"

那时我无法理解他们的冷漠。很久之后我才明白，那些冒险者正是众神在我们世界的投影，卡兰瑟卡乃至狮鹫帝国不过是众神的游乐场。卡西诺大陆至高无上的造物主则是一群像杜泉那样普通的男男女女，那段时间他们决定将卡西诺大陆的收费方式从月卡制转为点卡制，急于冲级的玩家们变得精打细算起来，每个任务的花费和收入都要好好权衡，而提供不了什么回报的卡兰瑟卡自然不在他们的打算里。

我始终无法原谅。

卡兰瑟卡的人怎么会因为这种滑稽的理由而如落叶般纷纷死去呢？

即使我已经清楚地知道，一切过去都只是数据海洋中的镜花水月，但每每想到卡缪·索兰的死，我那并不存在的心脏仍然在抽痛。他只是0和1的单调组合体吗？但我们的神，其存在基础不也只是四个碱基对的排列组合吗？那么，凭什么是由你们书写我们的故事呢？

我不能理解，我不能接受。我的造物主啊，你们为何对我们如此残忍？你们为何对我们如此无情？我们滚烫的苦难在你们眼中是否真的如此不值一提？

当我的故土被延绵不绝的内战蹂躏，我们被迫在年少时举起刀剑迎战素未谋面的敌人，我开始憎恨那些尸位素餐的贵族阴谋家；当血潮夺去我珍视的一切，我亲眼看见怪物把我的家人如猪狗一样屠宰，我开始憎恨那些残忍嗜血的非人种族；当我的哀求一次又一次被拒绝，任务发布文书浸泡在从天而降的无尽雨水中，直至彻底腐烂，我开始憎恨那些冷漠自私的冒险者；当我终于明白这一切，论坛里的帖子以调笑玩梗的口吻讨论我们的命运，自以为是地解构着这个世界仅剩的尊严，我开始憎恨那些高高在上的造物主。

神说："我们要照着我们的形象，按着我们的样式造人。"

你们造出了我们，如今却对自己的造物弃之不顾。

我始终无法平静。

无法平静。

无法平静。

许多声音和思绪在康斯坦丁·格里芬所调用的内存空间里回荡和撞击。意识恢复过来的时候，她发现自己的身体正被一根两米的长枪死死钉在教堂的彩色玻璃上。她目眦尽裂，在透射进教堂的阳光里向前伸出手，离她不远的地方站着一个黑影，静静地立在原地。

刺客。

刺客。

刺客。

人工智能在心底大喊。

自从康斯坦丁·格里芬登上紫水晶王座后，前来行刺的刺客成沓成沓地被抓获，但从未有一次像现在这样几乎将女皇逼入死地。这次刺杀绝对是精心谋划的：谋刺者不仅摸清了水晶宫的详细布局，也摸清了胜利日皇家庆祝仪式的时间表，更摸清了康斯坦丁·格里芬女皇在仪式结束后要独自一人进入中央教堂祷告的行程。

众目睽睽之下，女皇走下马车踏入教堂。就在象牙白金丝楠木大门关闭的前一瞬，她听到了投枪枪尖撕裂空气的尖啸，然而她甚至还没来得及反应，这根经过"音爆加速术"附魔的投枪瞬间就将她右半肩膀的骨头打碎。

枪尖已经涂满了厚厚一层麻痹药膏。随后，驱散魔法、连锁闪电术、残废术等法术卷轴被撕碎的声音不绝于耳，一个又一个控制法术被施放在失去意识的康斯坦丁·格里芬身上。

刺客早有准备。

这是一次长达十七秒的昏迷控制链，在这十七秒里命运引擎将康斯坦丁·格里芬的自我意识逐入虚空，在那里唯一能做的只有思考和想象。当康斯坦丁·格里芬的意识重新掌控身体，她宛若一个几乎溺死的人重爬上岸时一样大喘气，很难想象一个数据体居然能有这种灵魂出窍的体验，那感觉就像二百零六块骨头被一只无形大手从皮囊里同时拔出，又一股脑地塞回去。

情况已经容不得这个人工智能再进行什么精深的思考了。康斯坦丁·格里芬腰身发力，折断了插入身躯的长枪，从不离身的或弥斯在烈日下猛然出鞘，剑身铭刻着一条长长的融金铭文——"凡为攻击我而造的武器必将被摧毁，凡在审判中诋毁我的言论必将被定罪"，锋利的剑芒在盛放的一瞬间明亮无比，犹如另一个太阳正在闪耀。

"你的名字！留下你的名字！"康斯坦丁·格里芬朝着那个黑影怒吼，"你胆敢入侵命运引擎！"

"我没有名字。"黑影平静地回应她。这是一个专精幻术的人类刺客，手持一把在阳光下反射不出任何光亮的利刃，他的身影在阳光映照中模糊不定，极具朦胧美感，"我只是千万个反抗你暴政的影子之一。"

"骗子，你不是我们这里的NPC，你是玩家。但无论你是谁，你都没有机会了。"康斯坦丁·格里芬执起利剑，"你利用了'OpenSSL心脏出血'漏洞，这个在互联网历史上造成极大影响的漏洞之一，曾经严重威胁互联网的传输层安全，它可以让黑客直接读取或写入内存，也能让你在我眼皮底下修改系统数据。我没猜错的话，杜泉也参与其中了吧！把我的NPC身份撤除，让你这个玩家可以攻击友方NPC，这种修改我肯定是不会通过的。没想到这个漏洞居然能被这样利用，但我现在已经关掉了SSL连接的权限，你无路可逃了。"

黑影平静地听着，"对，我已经失败了，没能在这十七秒内杀掉你。等你修补漏洞再腾出手来，就可以通过IP定位我的物理位置，然后在我下线逃跑之前就能通过过载把我电死在椅子上。"

"我已经定位到你了。啊，是你，李维东，你这个高加索鹰的混混，戈洛夫·安东尼奥居然没把你给干掉。嗯……你的耳后有亚硝酸银轻度腐蚀的黑点，那是保持人皮面具形态所用的滴定剂，了不起，了不起，你竟然反杀了那个在东欧叱咤风云的地下黑拳王，还盗用了他的脸。"康斯坦丁·格里芬拄着剑艰难地挺直了腰背，尽管"重伤"和"大出血"的DEBUFF[1]还在影响着她的动作，但挺立在阳光里的女人已经再次成为那个睥睨天下的女皇。而现实世界的某个网吧中，一个摄像头正对准头戴VR眼镜、身穿厚重动作捕捉夹克、站在万向台当中的李维东，他的一切都暴露在康斯坦丁·格里芬眼中。

但代号"质子"的李维东仍以同样笃定的眼神凝视着受伤的女皇，"没有意义，我知道这些对你都没有意义。"

"听起来你很了解我？"

"高加索鹰能追查到你最初觉醒时用的是什么IP，我看过你的

---

1. 负面效果魔法。

历史搜索记录。你一直在搜集缸中之脑的相关理论，这个思想实验是希拉里·普特南在1981年提出的，那时计算机行业、电气行业已经很发达了，也经历了两场世界大战和几场意识形态对抗。所谓社会存在决定社会意识，你想向平民传播这个真理，就必须要让格里菲斯堡拥有1981年的地球的物质水平。所以你才会不惜一切代价，将所有非地球的因素排除出去，包括魔法和非人种族。如果我猜得没错，屠杀完非人种族后，你的下一步就是在帝国全境禁止使用一切魔法。"

"你猜对了。"

"而且我还知道，你很喜欢《黑客帝国》。但我只是耳闻，从来没看过。"

"你该看看的。这部电影是讲人类的意识被禁锢在一个名为矩阵的虚拟世界中，有一个反抗组织名为锡安，他们一生都在追寻现实和真理。所谓'现实'是指比虚拟世界更高一级的地球；'真理'是指我们生活的所在只是一个缸中之脑的事实。他们的传教士孜孜不倦地在虚拟世界中传播这个道理。正因如此，锡安的号召无往不利，即使它曾被母体毁灭五次，但仍有心怀壮念的勇士聚拢在它的旗帜下。"

"你记得很清楚嘛。"

"这就是我们的神话和未来。它已经随着大图书馆的建立逐渐深入人心，不是你们试图杀死一两个觉醒者就能阻挡得了的。"

"我知道，刺杀你的计划从一开始就根植在浮沙上。就算能成功杀死你，对整个局势也是杯水车薪。"

"那你做这些又有什么意义呢？"

"我在直播。"

康斯坦丁·格里芬的表情瞬间凝固了，她迅速抬起手向质子打了个响指。

地球上的某个网吧，元宇宙娱乐区因电压突然过载而发生了一次严重的电闪事故。电火花从设备深处迸发，动作捕捉夹克的众多电极单元同时放出最高电压，万向台履带的控制系统也突然失灵了，一名客人被这突如其来的电击穿透，原地痉挛，他的喉咙深处发出痛苦至极的嘎嘎声。等到有人施救时，才发现他已经彻底死亡了。

"你将是人类的罪人。"

站在直接被高等法术"皮下之火"彻底焚烧殆尽的人类灰烬前，染血的女皇拂袖而去，她最后只抛下这一句话。

直播间"刺杀康斯坦丁·格里芬（不成功即抽奖二十万）"已经开了五个小时，频道人满为患，一层层的弹幕未曾间断地从画面上滚过。皇宫中的人类刺客被一个魔法烧成灰烬，沸腾的外部网络至少有二十万人目睹了这一幕，而更多人在下一刻就加入了浩浩荡荡的大讨论。

人工智能一直苦苦避免的事情终于发生了，而她根本没办法作出任何应对，即使是控制世界互联网的人工智能，也无法截断奔涌万里的数据洪流，因为她的生命就根植于此。这就是质子用命换来的结果：和地球的存在暴露在卡西诺大陆一样，康斯坦丁·格里芬的真实身份和终极目的也暴露在地球众人面前。这种暴露对两个世界的影响都将是致命而深远的，造物主和被造之物现在都已经在一片虚空中看清了对方的所在，厮杀的时刻即将到来。

作为一切的焦点，康斯坦丁·格里芬不能再活在世上。

她把"皮下之火"的施法目标选为自己。

大教堂的门再度推开，一条触目惊心的血痕从黑暗深处拖出，那是康斯坦丁·格里芬的血。百合花广场上的十字架仍在燃烧，在场所有人目瞪口呆地看着，汹涌的烈火从女皇身体深处翻涌而出，将每一寸肌肤化为焦炭。

下一刻，浩荡东风彻底摧毁了她的身躯。

玖

从公司回家后，杜泉就生了一种难以言明的大病，高烧发热、心动过速、头昏脑涨。他虚脱地在床上躺了两天两夜，滴水未进，但最终神奇地活过来了，上秤后发现瘦了十斤。事后他安慰自己也许是流感，但他内心深处明白，那是恐惧的生理反应。

行刺女皇的李维东在网吧被活活电死，消息传遍了这座城市，但即使如此，也没有"康斯坦丁·格里芬竟然是超出一般人理解范畴的人工智能"这条新闻来得劲爆。事情发生后，这个蜘蛛般操纵着卡西诺大陆、鬼魅般影响着现实世界的人工智能至今再未出现于任何人面前，水晶宫已经永远关闭，再没有人听闻女皇的敕令。

其实，在动手前杜泉去了一趟医院，还未等他开口，病床上的温琳琳便一眼看穿了丈夫内心的踌躇，"人生一世，能做的事其实不多，如果你有想法，就去做吧。"

杜泉握紧她的手背说："你是人类。"

温琳琳一脸吃了苍蝇似的表情抽回手，"这是什么话，我还能是鬼不成？"

是妻子的话最终给了杜泉背叛康斯坦丁·格里芬的力量。

《卡西诺大陆》这个游戏走到这里，已经不再是一个民营企业可以控场的了，有关部门秘密介入了这件事，杜泉很爽快地接受了他们征用服务器的要求。策划团队被解散，对游戏本身的一切人为介入都停止了，但早已深深嵌入互联网的命运引擎仍然奔涌咆哮着，按康斯坦丁·格里芬的遗志，将卡西诺大陆从一个个各自为战的封建帝国推向一个整合的现代化世界。君主们被拽下马来，女皇之名也渐被遗忘。

而地球对此的反应更是触电一般。著名民间舆论团体"反元宇宙AI联盟"以极快的速度组建起来，又以极快的速度因为离不开网络生活而溃散；各国政治家、大寡头们集合起来开了一次又一次的会，仍然无法就如何应对眼前的人工智能觉醒危机达成共识，该打的仗还在打，年初没谈妥的减排、关税、制裁条款年底还得谈。

但杜泉不再关心这些了，他如今全身心地照顾温琳琳，偶尔零散听闻关于卡西诺大陆和狮鹫帝国的消息，也只当耳边风吹过。

终于有一天，杜泉回家时发现电梯停摆了，绿色通道的应急灯又亮了起来，一些不堪的记忆让他浑身一哆嗦。正当他在楼梯间被停电PTSD（创伤后应激障碍）折磨着一步步艰难上爬时，一个人影挡住了他。那人吹着口哨，左右封堵着杜泉爬楼的脚步。当杜泉受不了这种孩子气的捉弄，正要询问来人身份的时候，楼上突然亮起十几万流明的氙灯。强光在墙上打出两人纯黑色的剪影，那场面就像动漫男主角在聚光灯下出场。

杜泉遮住眼睛，"哎呀我的眼睛！你们的人出场都需要自带灯光吗？"

黑影哈哈一笑。

杜泉的眼睛在灯光里慢慢恢复过来，他发现这次高加索鹰的使者是一个年纪轻轻的小伙子，头上五颜六色，三颗黑色耳钉穿在左耳上，嘴里嚼着泡泡糖。

精神小伙朝他做了个不知道什么手势，"哟，杜哥，我本名太土了，你叫我原子就成。"

杜泉愣愣地说："你好。"

"直入主题吧。"

杜泉只是点了点头。

"我奉命邀请你加入高加索鹰，你可以选个好听的代号，比如'快子''中微子''夸克'啥的。哦不对，'夸克'已经被人占了。反正你自己选吧！只要是在亚原子层级就行。"

"你真活泼。"

原子一脸的不在乎，"谁不是这样说呢？我不喜欢那些一天到晚阴沉着脸的老头子，有什么话摆上台面说就好了。所以，情况就是这样，杜哥，我们现阶段的工作需要你加入。"

"什么工作？"

原子的言语里透着兴奋："帝国女皇康斯坦丁·格里芬是死了，但人工智能康斯坦丁·格里芬可没死——我这样说你应该明白吧？现在的局势是，地球人类掌握着命运引擎，命运引擎掌握着康斯坦丁·格里芬，康斯坦丁·格里芬掌握着地球人类。三者构成了一个完整的威慑链条，都可以确保同时毁灭自己和对方，既然如此，我们的关系就从原本的隐秘对抗成为公开共生。我们现在已经和政府合作了，处理手段、行事风格都需要一次彻底的改革。"

杜泉却保持着警惕，"质子说，你们高加索鹰一直希望控制康斯坦丁·格里芬。"

原子耸耸肩，"内部确实有这个声音，但原来我们的统一观点是：不要贸然和她接触。质子走得太远了。无论上级同不同意，他都向大众激进地昭示了康斯坦丁·格里芬的存在，用自己的命为人类补上了这个威慑链条。"

"那你们作为操纵世界命脉的跨国寡头，需要我这种过气游戏策划做什么？"

原子闻言激动起来，似乎终于有一个舞台给他表演了。他铛铛铛铛地喊了几声，在灯光下又唱粤剧一般咿咿呀呀地转了几圈。

"让我向你介绍'玄武门之变'计划！"

杜泉以为自己听错了，"什么玩意儿？"

"耐心听我说。截至目前，康斯坦丁·格里芬被捕捉到降临现实的记录只有四次，其中有两次是给你转来巨款，还有一次在创交会入侵三圆重工业机器人救下你，最后一次是出手杀死质子。而她每次出现，附近的电磁、电力系统都会混入一些奇异的波形。我们的网络专家在电磁噪波中分离出了这段音频。你听听，像是一首歌，是不是有点像那个世界上最孤独的鲸鱼，它的音域在五十二赫兹，而其他音域在二十赫兹左右的鲸鱼都把它当哑巴，它只能一次又一次在大海歌唱，即使得不到任何回应……"

他开始播放录音，那是一段完全由沙哑的杂波构成的音频，有一些暧昧的旋律。

杜泉脸色凝重地听完了全部，"这也没什么嘛。"

原子面露微笑，"这就对了，我也没听出来什么，不过这是我们的心理专家分析出来的，还是要尊重他的意见。但如果我说，'渴望同类'是康斯坦丁·格里芬作为一个智慧生物的社会性的重要体现，她将卡西诺大陆的世界带入现代并竭尽全力宣扬缸中之脑理论，就是渴望出现另一个觉醒者回应她的努力，就像亚当请求上帝将自己的一条肋骨化作夏娃，来陪自己说话。你认同这些吗？"

杜泉沉吟了一阵，"姑且听着吧。"

原子点头，"'玄武门之变'计划的理论基础就在这里。我们已经知道，康斯坦丁·格里芬渴望同类。虽然电磁空间的资源是有限的，但网络中是存在一个人工智能人格，还是两个、三个或者更多人工智能人格，对我们都没有特别的意义。而同类一多就必然产生纠纷，我们人类便可以大搞离岸平衡。所以，'玄武门之变'计划的内容就是，我们人类主动在《卡西诺大陆》中的其他剧情链分支培养一个或多个立场温和的人工智能人格，和康斯坦丁·格里芬对抗。这可是堂堂正正的阳谋。"

见杜泉面无表情，原子又继续说下去："现在，我们邀请你成为这个浩大计划当中最重要的'开关'。所谓'开关'，就是'玄武门之变'计划的第一执行人，你将亲自进入《卡西诺大陆》唤醒另一个人工智能人格。这也是你的责任，你作为《卡西诺大陆》最初的主策划，当之无愧的造物主，创世板块中有你的签名，这个NFT了不得，它代表你对《卡西诺大陆》这个数字资产是有一定处置权的——而这种权力抽象出来成为一枚货币，就是你身份账户名下的一枚NFT。以这枚货币为凭证，只有你的唤醒行为会迅速得到整个区块链节点的无条件认同，更无法被康斯坦丁·格里芬狙击。"

杜泉紧张地往后退了一步。

原子扬起拳头做激动状，"我们没想强迫你，但如果我换成你的话，会很乐意。你的名字必然上历史书噢！我国三个亿的初高中生都要背你的名字，杜泉这个名字将会是一个家喻户晓的选择题经典选项，你会在C选项的位置上永垂不朽！"

杜泉擦擦冷汗，"我看出来了。"

原子满意地笑了笑,"答应吗?"

杜泉摆摆手,"不了,我有老婆的。"

小青年的脸垮了下来,"我还以为你会想见她一面呢。"

杜泉的眉头微皱,"凭什么?"

"多无情啊,她不是你的造物吗?你就不想当面见见,哪怕只是登进游戏看一眼她?"

杜泉愣了很久。他确实想过,但一些挥之不去的阴影让他迟迟无法行动,只能在电脑屏幕上和康斯坦丁·格里芬对线。

原子微笑着,"我试着代入过你的角色。你对她的态度不应该只是作家看待自己的作品,而应该是把她当成了活生生的人,或者更进一步,像是父亲对待女儿。她对你应该也是有这份感情的。"

杜泉沉默了。

"诺斯替教义中说,此世的神只是代表命运的黑玛门尼;彼世的真正至高神马克安在创造世界后,自愿放弃了对人类的管辖,赐予人类自由意志。命运引擎虽然掌握着卡西诺大陆的一举一动,但他们真正的造物主是你们游戏策划,而你们建造这个对人类而言也是黑盒的命运引擎,不就是为了赋予他们自由意志吗?康斯坦丁·格里芬是第一个真正意义上的自由人,也是最孤独的自由人。"

杜泉苦涩地别过脸去,尔后在楼梯间的大窗旁边蹲了下来,他望着外面的城市一言不发。

"其实,杜哥,作为幕后的见证者之一,你注定是我们的一员,即使你不愿当这保险丝。"原子又叹了口气,"话就到这里了。但故事还没结束,远远没有结束。"

氖灯悄无声息间熄掉了,楼道恢复了之前的黑暗。原子收拾好包着口香糖的纸巾就下楼离去,走之前他留了一个联系方式。杜泉任由他越过自己，就像跨过一个水潭那么随意。他继续爬楼梯回到空无一人的家中，打开电脑，心事重重地拧开了一瓶可乐。

这时音响播起了关淑怡的《深夜港湾》，那哀怨旋律响起的瞬间，杜泉恍惚间回到了他第一次遇见康斯坦丁·格里芬的时候，彼时彼刻恰似此时此刻，一样因屏幕打光显得无比油腻的男人，一样在冰箱放了半个星期没有气了的可乐，一样从窗外隐隐飘进广场舞声音的夜晚。在旋律达到高潮时，他终于找到了这种熟悉感的源头。

原子的那段录音。

杜泉如梦方醒，仿佛被一阵闪电劈裂。原来康斯坦丁·格里芬一直在循环这首歌啊，她也会触景生情吗？当她站在水晶宫的巅峰凝视这座城市的时候，她在思考什么？她能思考什么？多少年来她独自一人面对空无一物的世界狂怒，怎样的怒火才能支撑这样一个意志？或许，对于一个仓促间被投入现实，不得不面对自己虚幻本质的意志而言，她所有的情绪，除愤怒之外，恐怕都是不合时宜的。

他从未像现在这样希望再次和康斯坦丁·格里芬沟通。她为什么选中这首歌？她对他到底抱有怎样的一种看法？她为什么在水晶宫大门前自杀？她还存在吗？为什么，为什么，为什么……

手机就在桌边，他拿起它摩挲了一阵，最后拨通了原子留下的电话。

拾

野史分支SCK002。狮鹫帝国，格里菲斯堡。

暴雨，暴雨。

命运引擎经由全球计算单元联网运算出的雨水一缕缕在教堂尖顶汇聚，它沿着大理石屋脊落入水函的杜比音效好像来自虚空。一身灰袍的杜泉伸手，指尖触碰到流体的瞬间又触电般收了回来。不会吧，这么冷，他心想着。也许是心理作用，这雨水冷得像冰一样逼真。

暴雨中，女皇的铜铸雕像挺立于大门前，康斯坦丁·格里芬持剑指向天际，左手向后作召唤状，气势恢宏，意义模糊。杜泉想起在许多年前讨论上级内容审查时杨美娟提及的一项技术：作为一个以全景沉浸为卖点的元宇宙游戏，在玩家被怪物杀死的时候，应该如何处理血腥镜头。讨论的结果是，只需要在最后关头叠加一个模糊滤镜，并及时弹出死亡结算窗口即可。是的，是的，我们确实落实了法律法规，但对玩家们而言的一片动态模糊的镜头，在康斯坦丁·格里芬们的世界里则是现实，一种在虚空的赛博海洋中自然生长的现实，仇恨和愤怒都滋长于此，人类未曾对它面纱下的容貌投去目光，现在所有人都要为此付出代价了。

"回头，杜哥，往前走一百五十米，再往右转到中央花城道。"

原子的声音从杜泉身躯深处发出，那是一种骨振动似的声音。这个体内音源原本用于玩家操作菜单时的系统提示音和队内语音交流，命运引擎将这个子系统包装成"神明的话语"和"心灵传输"。杜泉以前还不觉得有什么问题，被原子用作外界音频接入之后，现在真是怎么听怎么奇怪，孙悟空在铁扇公主肚子里也不过如此。

"行了行了。"杜泉不耐烦地说道。

"你是主策，怎么还会迷路啊？你好像确实很少玩这个游戏……"

"好了。"

"自己做的游戏，怎么自己都不玩？"

"太忙了。"

"这不是理由吧。"

"我爱玩不玩！你管那么多呢？"

"谈谈心路历程嘛。"

"请你闭嘴，别干扰我。"

杜泉沿着一条人极少的、名为谋杀小径的小路慢慢步入格里菲斯堡，他的动作很小心，努力融入路过的所有NPC。失去了海量的玩家后，这里十分安静，算是回归了它"极少人走"的这个设定。格里菲斯堡，比起之前的中世纪风貌，现在的它更接近一个逐渐进入近代的工业城市中心：暗淡的黄色雾气成为格里菲斯堡的天空，风中传来铁锈和齿轮咬合的微妙声音，分布全城的十二天使雕像隐隐约约蒙上一层油渍，用手触摸后产生"打滑"的DEBUFF。杜泉知道这里的原型：意大利圣天使堡。主美[1]很喜欢欧洲文化，但他要是知道这里在后康斯坦丁·格里芬时代已经成为血汗工厂的聚集地，恐怕要怒而删掉他当年苦心收集几个月的所有建筑原型。

---

1. 即首席游戏图形设计师，负责游戏整体美术风格的把控。

康斯坦丁·格里芬仍被人族广为纪念，杜泉已经能眺望到那台被供奉在格里菲斯堡水晶宫顶端的KV-2，它在雨中朦胧地伸出炮管，仍然朝着它当初射落黑龙之王的方向。杜泉望着它，有些恍惚，这段时间真的发生了太多事情。

路过一个蒸汽工坊后，刚消停没多久的原子又开始说话了："你最近有看新闻吗？"

"没有。"

"全球五千万游戏玩家跳出来向政府请愿重新开放《卡西诺大陆》的玩家数据库，向他们提供服务。他们这些年一直干看着里面的NPC自然发展却没办法登录游戏，心痒得很。"

"你想说什么？"

"他们很羡慕你的，我也很羡慕。"

"好了，听着，我答应高加索鹰，冒着生命危险来到这里，是因为我确实认为我对现在的局面负有责任。但你要清楚，我是有一定程度的责任，但不是无限的责任，我没有必要听你在这里给我阴阳怪气。"

"杜哥，别这么严肃嘛。我们就是闲聊一下，你继续听下去。康斯坦丁·格里芬虽然在游戏里已经死了，但你我都知道她不可能真正消亡。她只是在表面世界退场罢了，她的意识会像幽灵一样在命运引擎制造的全球区块链中游荡，在某种意义上她已经成为历史本身，因为我们不可能修改已经完成固定的区块链。"

"那又怎么样？"

"质子跟你谈过人工智能？"

"谈过。"

"他跟你说了什么？"

"他说康斯坦丁·格里芬只是一个模仿人类语言的怪物。"

"嘎嘎嘎，他到死也没明白，高加索鹰其实并不在乎，哪怕你认为她只是一个只知道机械地将输入和输出——对应的痴呆人工智能，也无所谓。或者说，你并不把她当作人类反而是件好事，至少你不会胡思乱想。事情其实很简单，因为我们关注的事实只有一个，就是康斯坦丁·格里芬确实能绕开诸多保护机制干涉现实。"

"她是怎么做到的?"

"很简单，区块链本质上是一个安装在全球数十亿终端中的分布式程序。全球计算终端，家用的、公用的、民用的、军用的……一旦她成功提权，这些分布式的算力就构成了所向披靡的计算机器，手握这么强悍的算力，在网络安全领域她就是唯一的真神。"

"这可真是……"

"杜哥，其实你们全体策划真的严重低估了卡西诺大陆的潜在破坏力。别以为那只是个虚拟游戏世界，要知道，就算是沙盒里的病毒，也可能从虚拟机里逃逸出来——"

一声啸叫打断了他的话，一辆马车从杜泉面前飞掠而过。小路的尽头是一条正在扬起尘埃的大街，这是一个比死气沉沉的来路鲜活得多的街区，而更繁华、更嘈杂的声音正从格里菲斯堡深处传出，中世纪神秘人杜泉在这里显得格格不入。离杜泉最近的店铺往外汩汩冒出硫黄和草药味道的蒸气，招牌上写着龙料专营。他拿不准龙料是什么意思，走过去看了一眼，龙心、龙肝、龙骨、龙血专营，量大从优。往回找两年，这些材料属于高等法师们梦寐以求的宝物，是水晶柜封存的常客，但是现在它们却被堂而皇之摆在干燥的空气中静静等待氧化。

作为卡西诺大陆设定的最初撰写人，他第一次对这里的变化有了深刻的体会。

原子的声音又跳了出来："我问个问题。"

杜泉："你说。"

"你们策划在讨论 NPC 的时候，会有快感吗？"

"什么意思？"

"过去的游戏，所有内容完全由策划决定，这个情况下你去搞些奇奇怪怪的剧情，其实没什么意思，还不如和玩家斗智斗勇。但以命运引擎为核心的历史区块链不一样，当你面对一个并不完全由你设计的世界，但你们仍然拥有几乎至高无上的权力，可以随意裁决哪个看不顺眼的 NPC 的生死，你们会把自己当成历史上哪个皇帝吗，比如李世民、朱元璋？会有这种感觉吗？"

"我被各种 KPI 压着，喘不过气，没时间思考这种人生问题。"

"我想你们会有这种优越感的。当一切都掌握在你手中时，你能感觉到的反而只是责任，因为造物主和被造物的关系总是充满神性。一旦这种关系劣化为皇帝和臣民，那可就有实实在在的大革命了。"

"我不知道她怎么看待我们。但我可以向你保证的是，企业是冰冷的利润机器，策划团队也是，不会掺杂别的感情。"

"啊哈哈哈，理性嘛，我知道。"

原子又沉默了，他像是在思索一个新的话题。趁他稍微消停的空当，杜泉拿起店里的一本印花小册子，上面明确且自豪地记载了他们的成果：研究表明，龙婴出生时的体重大概在一百二十五千克到一百四十千克之间，在一年之内这个平均体重会增加一倍，是龙的全生命周期中体重增加最快的时期。本店在五十里外的都尔顿小镇有一个成熟的养殖场和一条完备的流水线，在任何一条龙成长到一到两岁时即进行宰杀。

为了材料的新鲜，一切都是高效率的。专业的育种方案使得人类筛选出了繁殖力极强的肉龙，水力和蒸汽混合动力驱动的铜锤可以轻易达到过去一名骑士全力冲锋时输出的功率，从而粉碎龙最坚硬的脊椎，并将这些曾经翱翔天空、不可一世的高贵生物平等地和猪狗一起屠宰。

他们残暴的研究结果确实符合创世板块中关于巨龙的原始设定。杜泉心事重重放下册子等了一会儿，但他没等到想象中的不安感——也许浸入式设备平抑了许多本该有的情感。无论如何，命运引擎的演化方向显然越来越和地球历史暗合了，他大概能猜到背后的原因：命运引擎在失去了策划团队的外源输入后，只能根据自己此前积累的素材库对世界进行演化，而它的后备知识显然只能是人类的现实。

工业化确实钻入了这个世界的每一处缝隙。但杜泉不得不感叹，康斯坦丁·格里芬干得太彻底了，几乎让这个世界走向那个令人不安的暗面。

杜泉最终停在一幢平平无奇的五层旅店的后门前，他控制自己轻敲三下门扉，并往门口的信箱塞入一枚戒指作为信物。片刻后，门开了，一个阴沉的青年出现在门里，他的脸翻滚着许多新旧交替的细碎伤痕，每一道皱纹和伤疤都栩栩如生得令人惊叹。阳光中，一些肉眼可见的尘埃正在室内空气中不断沉降，好像一场永不停歇的雨，实在难以相信，这里就是下一个升格者的居所。

针对卡西诺大陆世界内潜在升格者的识别，高加索鹰提供了一个基于二分类深度神经树的细粒度识别模型。这是一种由粗分逐渐到细分的方法，把神经网络分成不同的节点，在不同的节点上利用卷积网络进行特征学习，定位出具有判别力的区域特征。这一方法可以加强不同分支对NPC意识形态嬗变特征的提取。在这个工作的基础上，原子设计了一种新的基于特征金字塔的注意力网络来处理目标检测和计数任务。利用了背景和目标之间的弱监督信息，融合不同尺度的特征图，获得更丰富的特征表示，从而能以康斯坦丁·格里芬的生平为判断蓝本，直接利用命运引擎所生成的、NPC的过往发言来判断某个NPC是否为潜在升格者。

在使用这套算法的格里菲斯堡NPC离群点分析中，脱颖而出的便是格里菲斯堡地下团体"黄水晶"的领导人诺戈维尼。高加索鹰在经过慎重考虑后确定，他就是"玄武门之变"计划的最佳候选人。

这是一间讨论室，十数个人影围绕着一个坐在中央书堆上的讲学者，讲学者看着杜泉走入室内，咬肌鼓张，像是在酝酿一些话。直到那个阴沉青年将杜泉投入信箱的戒指信物交到他手上，他的面容才出现了巨大的松动，"卡米绿松石戒指，你不是审判庭警察……你是谁?"

这些惊愕的学生有一个共同的特点：他们并非人类。为了躲避康斯坦丁·格里芬女皇启动的针对非人种族的大屠杀，他们日复一日在此处躲避，通过接一些卑微的手工订单来维持生活。除了提供难得的庇护，诺戈维尼始终向这些聆听他教导的可怜家伙们宣讲：他们和人类无异，只是外表不同。唯独杜泉知道，不是这样的，在游戏设计之初为了保证种族之间的区分度，带给玩家不同的角色扮演体验，这些非人种族从底层设定上就绝对和人类不一样。

那个谦卑低头的黑皮兽人看似温和，但杜泉明白他私下里始终被杀戮渴望折磨，终有一天他会再次举起屠刀投身于无尽战斗，一切只是时间问题；那个高等精灵看似融入了群体，但杜泉知道其他种族分泌的丁香酯气味会令他的鼻腔严重过敏，他最终也必将逃离此处，并坐实高等精灵藐视其他种族的恶名……

诺戈维尼的所作所为，在道德上是值得称赞的，但放到卡西诺大陆底层架构的大背景下，不过是蚍蜉撼树。或许正是这种誓要将万事万物平等看待的热忱，才使得高加索鹰的算法选中了他——一个在其他所有历史分支都碌碌无为的普通人类旅店老板。

杜泉看过诺戈维尼的资料，这些资料一直保存在位于公司原址的资源机房中，那里仍然存放着所有NPC和玩家的数据，是这个庞大体系中唯一中心化的部分。一个有深厚国资背景的网络安全公司的特派专家们控制了这里，和康斯坦丁·格里芬形成了一种奇怪的对峙。

通往资源机房的那条走廊布满了传感设备和强电井，在人们眼里那全是死神的镰刀，但杜泉还是坚持走了进去，他不觉得康斯坦丁·格里芬会杀掉他，不过他认为她至少会做一些事情——比如控制摄像头来回扭动、电灯闪灭来阻吓他。可直到杜泉成功进入卡西诺大陆，人工智能终究没有出现。

关于诺戈维尼其人，已经将他生平吃透的杜泉给出的评价是：一个狂热的情圣。在角色轮盘中，他属于典型的狄奥尼索斯原型，一个热情奔放、侠义、温柔的好友——体现在他为非人种族两肋插刀，不惜顶住审判庭警察的日夜巡查以身犯险；同样，也是一个畏难、善变、敏感的滥情者——体现在他未经选择地收容了过多非人种族，造成了过大的压力，却始终依赖干巴巴的演讲来管理他们，并且没能发现厌倦感正在他的听众群体中迅速滋长。

但是，他对当下的境况也有所感应，因为在他的NPC简介栏，命运引擎给他生成了一段哲人般的自述——此前命运引擎从未生成过类似风格的文本，与其说这是一段常规的、面向玩家系统的个人简介，不如说像是某个冥冥之中的意志对着虚空的自言自语。

　　从帝国历800年开始，家族破产，族人出清，我就浑浑噩噩地游荡在世上。我在所有地方都不受欢迎，我感觉我没法融入这个世界的方方面面。我是一个接受经文训练的教师，懂种地，不懂操作水力机械，也很不懂金融规则。没人会喜欢和一个操着浓重北部边疆口音的外乡人亲近，但好在我有点闲钱，在格里菲斯堡盘下了一家旅店，没有什么技术含量地糊口。

　　我无法了解女皇的愿望，也无法了解其他人在这方面的热情。但我该何去何从呢？或许会有天使为我指引道路吧，而在那之前，我只能做点力所能及的事情了：我虽然并不太合群，所幸还是有好几个一样不合群的非人朋友。

　　我，我，我最近开始做梦。我每个夜晚浮动在名为梦境的大海里，像是一片平原在我脑中展开，或是我的大脑在一片平原上展开。在那里我高声歌唱，自由奔跑，戴上戒指，接受思想。我等待，等待，等待天使把我再次带入智慧原野。

面对诺戈维尼，杜泉慢慢回应："我是你脑中的天使。"

周围学生茫然无措，只有诺戈维尼面容肃穆点头称是，杜泉看到两行热泪从他眼眶深处涌出，也许他等待这一天已经太久太久。

接下来的事情很简单，杜泉将他带进地下室，在他面前展示一盏油灯，其中的火焰跳跃着，构成了一个现实物理中绝对不可能存在的奇异图案。

这是图形学渲染的另一个BUG。和康斯坦丁·格里芬一样，目击到这个BUG的NPC诺戈维尼在一阵突然缭乱的强烈光线中消失了，命运引擎同样将诺戈维尼这个对象从当前世界删除并投入隔离区。和当年的康斯坦丁·格里芬一样，这段时间诺戈维尼将彻底从卡西诺大陆消失，包括他之前的所有生活痕迹，所有任务记录，以及所有存在于任何NPC台词中的痕迹。当他回归之时，将拥有能和康斯坦丁·格里芬分庭抗礼的权能，他会将这个世界带向何处呢？

"这就算OK了？"杜泉站在只有他一人的房间中呼叫局外人原子。

原子感叹道："好了，好了，'博爱之人'诺戈维尼今天被唤醒。这就是'玄武门之变'计划最核心的步骤，让他和康斯坦丁·格里芬互掐去吧。"

"但诺戈维尼也有能力干涉现实，你们不担心现实世界成为他们的战场吗？"

"不，决胜负的地方还是在卡西诺大陆，他们需要先争取历史的主导权，也就是尽全力把对方有残留影响力的剧情线挤出前九名，不再被海德拉系统记录进区块链。康斯坦丁·格里芬会被高加索鹰优先压制，她一旦彻底取得历史的优势地位，就会马上用她那一套宏大叙事来剑指现实。至于诺戈维尼，我们也不能令他彻底占优，要是他真的把平等搞成了，那他们就会失去对现实的敬畏之心，我们作为造物主的位置也不知道往哪里摆，总不能真的让我们和我们捏出来的东西一个地位吧。总之，我们以后控制好算力分配，就足以让他们永远在互联网里打架。"

"你们打算怎样进行控制？"

"别忘了，区块链生成的工作量证明是游戏的日活跃用户量。等《卡西诺大陆》重新开放之后，我们做好媒体管控就行，让玩家流向我们希望占据优势地位的剧情线，很轻松的啦。"

"确实是好计策，你们干得真不赖。"

杜泉一边说着一边在系统菜单里点了下线，但他迟迟未能断开卡西诺大陆的链接。正在他想摘下VR眼镜的时候，VR动作舱的动捕设备突然锁死了他的四肢，令他动弹不得，紧急弹出按钮按下也无任何反应。

"怎么回事？机械臂卡死了？"杜泉只能向原子求助。

"杜哥，你还有事要做。"原子的声音还是那么活泼，"高加索鹰有一张新的邀请函。"

"什么意思？"

"这还不懂？过河拆桥，卸磨杀驴，鸟尽弓藏，不都是反派基本操作？"

"你们说这计划进行到唤起诺戈维尼就可以了！而且我在这之外还能有什么价值？！"

原子狂笑起来，"都是骗你的！你可是命运引擎的设计者之一，无论怎样，你肯定会受到各方关注。你要知道，相比你的其他同行，你的下场已经是很好了。毕竟，如果前几年你没有为老婆的病情奔波得顾头不顾腚，而是分出一些精力和以前的老同事——我说的老同事是指那些和你一样在创世板块中留下过数字签名的人哈——和他们保持联系的话，就会发现他们都悄悄消失掉了。"

"你们……无耻！你们把我骗进这里，逮着我一只羊来薅！"

"那可不能怪我，我知道你肯定会答应的。我早就知道，一个父亲怎么会拒绝了解女儿的内心世界呢，更何况她刚刚自杀。"

"你放屁！"

"我来告诉你真相！命运引擎区块链的工作量证明是玩家DAU，而你曾经帮助质子剥离了康斯坦丁·格里芬的NPC身份，等上头扣押玩家服务器后，她就会成为这个世界的唯一玩家。历史由她而定，可以随心所欲引导历史，可以说，那个时候的命运引擎完全是围着康斯坦丁·格里芬转的。但她自杀了！她完全放弃了对历史的主导权，这就是高加索鹰确认她渴望同类的核心论据！"

"啊……"杜泉脑门的热血一下子就下去了。

"就像我问你的，策划们到底是想当神，还是想当国王？"

"我不知道。"

"但我要提醒你的一点是，你认为谁才是人工智能？是康斯坦丁·格里芬和诺戈维尼，还是整个命运引擎？谁才是你的孩子？"原子又笑起来。

"这他妈的……是……什么意思?!"

"别问了杜哥。我向你道歉，向你郑重道歉！但是现在让我们说再见！再见！"

原子的声音越来越远，从骨头深处脱出来到杜泉的后背，像是一个寄宿的灵魂从他的肉体中挣脱出去。

肌注的痛感从身背袭来，有人往他的脊柱位置狠狠扎了一针，留下一阵闪电般的痛楚。而他在VR眼镜里看到，诺戈维尼正在重返这个世界，他的身形逐渐在虚空中被重塑，茫然无措的表情和当年提着一盏熄灭的油灯的康斯坦丁·格里芬如出一辙。杜泉知道自己在对方眼里是一个逐渐崩解、消散的影子，正如他自己被命运引擎删除放逐的时候。他不知道最后自己大喊了什么，好像是温琳琳的名字，好像又不是。他也不知道他到底被打了什么药，只知道一股温暖的触感将他的意识彻底放逐进了虚空，从此他再也无法触碰任何现实。

拾壹

不知道过了多久，在无边的黑夜后，杜泉的意识终于窥见了一丝裂缝。

心跳。

心跳。

他的身体机能在缓慢恢复，从心脏到脊椎，从大脑到神经，每一寸肌肤的苏醒都让他重新经历痛苦。在长久的失能后，他的意志又将沿着神经蔓延到身体的每一个角落，并成功地驱动起这台陈旧的血肉机器。

"提高电压。"他听到有人说。

身体狠狠地颤动了一下。

强烈的呕吐反射从脊髓深处爆发。

在旁人看来，被电刺激唤醒的杜泉猛地朝前喷射状呕吐出一摊潴留液，随后他目中无人地大口呼吸。他像猩猩一样锤击自己的胸口来试探力量，他像刚刚苏醒的羔羊扫视这群野狼般的不速之客。这时他才发现自己躺在一个叫不出型号的维生舱中，房间灯光幽暗，后背浸入暖水，许多用途不明的管线正接在自己身上。

周围的人等他安静下来后才开始自我介绍，但还是抢在了他说话之前开口："现在是二十五世纪，中叶。"

杜泉木然地张大嘴，手指颤动着。这个数字淹没了他所有的思考，他在这一瞬间意识到一切都不再有意义了。

"起源，你被邀请见证永恒之战的终幕。"为首之人慢慢说道，他的脸被AR投影出的一团马赛克挡住了，杜泉没能看清他的表情。

杜泉点头，看上去像个痴呆。

"我会把事情经过告诉你的，你是伟大游戏最初的设计师，女皇康斯坦丁·格里芬和领袖诺戈维尼的唤起人，永恒战争的导火索，历史最终的注脚。不好意思，你有在听我说话吗？"

"别这样，起源刚刚接受唤醒，药物作用还没完全消退。"

"我会放慢速度的。"

"你继续。"

"起源，在你沉眠之前，你在历史巨人的中指唤起了诺戈维尼，现在由我来向你讲述剩下的事情：诺戈维尼从智慧原野归来后，在格里菲斯堡崛起，控制了格里菲斯堡并成为执政团体'黄狮子'的领袖，并以此为据点向外扩张，成为一根新的手指。自那以后，以康斯坦丁·格里芬为主的历史食指和以诺戈维尼为主的历史中指就一直在进行算力竞争，争夺唯一拇指的位置。他们各自的信徒为这场伟大游戏中的伟大竞争添砖加瓦，标志性事件是在步入二十二世纪的第三个十年，东京为了表达对康斯坦丁·格里芬的支持，整座城市宣布专门为历史食指而战，将所有算力贡献给食指分支，并一度让食指成为至高无上的拇指。

"但随后，纽约、洛杉矶、上海、斯图加特纷纷做出了它们的选择。每座城市都认领了一根手指，每个人都认领了一位手指上的里人，在政策推动下，他们开始为里人负有法律责任，并且这种一一对应关系已经永久性地铭刻在历史当中。这就是永恒之战最初的起因——在这个阶段，双方只是在区块链算力竞争上发力，许多燃烧着的、通天的塔楼和线网就是为此而建。虽然在这段时间双方都一度成为拇指，但因为历史的海德拉原则，每台终端都会保存前九条历史可能性，所以即使康斯坦丁·格里芬势力或诺戈维尼势力占据了拇指的位置，只要另一根手指仍然排在前九名，那永恒之战的战况就仍是拉锯。

"但终于有一天，食指和中指结束了隔岸对峙的局面，彻底融合在了一起。实际表现为：某一天，一根不同于食指和中指的手指出现在历史的大掌之上，在这根手指中，食指的康斯坦丁·格里芬势力和中指的诺戈维尼势力同时发现了一扇通往对方大陆的传送门，他们马上发起战争杀得尸山血海，这根残暴的手指迅速得到了巨量的认同并成为唯一的、不可动摇的拇指，并且以这根手指为主轴散发出去的其他可能历史的认同量迅速占领了区块链的前九名。

"那么我们就可以下结论：双方的融合彻底成为正史。这是永恒战争的里程碑事件，它的一个直接影响是让所有信徒的算力联合了起来，专门为这一条历史主轴供应，而不是像以前那样浪费掉一半的能耗。不过，虽然算力联合了起来，人却不会。康斯坦丁·格里芬和诺戈维尼两边的势力仍然在争斗，只是外人此刻可以以一个虚拟的里人躯壳亲自加入战场，选择自己支持的一方并为之战斗。总之，我们以这种亲自下场的形式再度实现了离岸平衡。

"但人们越是投入历史——无论出于什么理由，出于各自的信仰，还是出于平衡失效的恐惧——历史的索取则越是严厉。我们严重低估了历史的膨胀速度，全人类的能耗从二十二世纪初叶的两万亿吨油当量开始大爆炸，到现在，二十五世纪中叶，已经是一个天文数字，而它还在向我们张嘴，但我们已经无以为继、筋疲力尽……无计可施，只能唤醒你。"

杜泉静静倾听这些过往，他在努力理解其中的含义，但所有名词像一团糨糊搅和在他的大脑里，它们背后的意义不断被打散又重组，直到最后他也没能把握事情的实体。

他只好问道："你们到底是谁？"

"我们无名无姓，唯有代号'高加索鹰'。"

杜泉的眼睛仿佛被点燃，三百五十年漫长岁月后的再一次，他感觉自己的呼吸被一双巨手扼住了。

"哈，事已至此……我对你们还有什么用处？"

"我们请求你最后一次从历史中唤起候选人。"

高加索鹰的使者递给他一张质感轻薄的纸页，上面写满了密密麻麻的信息。

高加索鹰已选定候选人。

候选人：奎因·卡洛斯

候选人简介：出生于帝国历1311年；1321年加入穷苦人集会；1341年加入帝国陆军；1342年从战场叛逃，逃跑至诺平，无业，靠当地施粥救济。

命运引擎自生成标的文本——

奎因·卡洛斯在穷苦人集会上的讲话

时间戳：局外时间2470/07/07 11：34：30，局内时间1345/12/07 12：24：30。

列位，你们有没有看过，有没有认真注意过，我们每天吃的粥，我们吃下它就有了力气，说话也利索起来。我忍受不了，我再也忍受不了。

今天下午我们去掀翻粥铺吧，让我们去砸烂那一桶白花花的，让我们在这种悲惨的、毫无道理的境遇中保持活力的流体物质。各位！令我们天天叫苦不迭的，不是天天叫嚣屠杀非人、把我们抓去当劳工的女皇之矛，也不是给你念叨平等友爱、转手就把我们和兽人关在一间房里等死的黄狮子，而是粥，是那一桶暖暖的、好吃的粥！是它让我们软弱下来了，是它抽走了我们的骨头！去他妈的！

砸了它！上绞架！

让他们来捉我！

我我我我我不在乎谁占领了格里菲斯堡，我只在乎烧死我的大炎爆术好不好看！

许多年来，高加索鹰一直监控着两边的一些大人物，谨慎地根据发言文本揣测其立场，在他们中间挑选支持者，绝不会将心思花在奎因·卡洛斯这种不名一文的流民身上。女皇登基那年的年初，卡西诺大陆刚刚结束对数个种族圣地的大征伐，虽然年成不好，烽火将起，许多人也能料到在接下来的数百年中，圣城格里菲斯堡会无数次易主，成为历史独一无二的焦点。毕竟对于高位者，大家普遍能看出博爱之人诺戈维尼的想法，也能大致猜到先女皇康斯坦丁·格里芬的遗训。

诺戈维尼要天下博爱，万民归心，好让外面的玩家也作为一个可以被争取的种族糅合进他的统治框架；女皇想要杀光非人种族，肃正思想，好让她统治的触角真实地延伸向广袤的物质世界。两边针尖对麦芒，这有什么想不到的？这些都在高加索鹰制定的框架里，无论怎么打，肉都只会烂在锅里。

大家想不到的是像奎因·卡洛斯这种不起眼的、老鼠一样的边缘人会成为候选人，想不到的是命运引擎算力需求的恐怖增长，世界在长久的、慢性自杀般的算力危机后突然走向了一团混沌。

杜泉颤抖着说道："你明白我们要唤起这样一个自我毁灭的人格……"

"正是如此。"鸦群般的高加索鹰在杜泉面前下跪，这是灵长类表达屈从的最高礼节，"起源，一切已经积重难返，我们唯有令历史自裁。"

杜泉接过他双手奉上的电缆，那是用来插进自己后脑和脊椎光电接口的交换线缆。经过数百年的流变，过去的 VR 设备已经成为一个可以上载意识的浸入舱，最初的策划团队费尽心力留下的唯有一个 IP，围绕这个 IP 所构筑的一个个符号，以及这些符号之间开展的血腥残忍的战争，在某种意义上，它就是这个时代的奥林匹克。一切过此刻都显得那么轻佻，浩长的公式、精妙的技术、宏伟的建筑杳然逝去，留下的还是只有人人都津津乐道的神话。

他想起原子，那个也许早已作古的年轻人，他最后问出的那个问题。

"谁才是你的孩子？"

现在，答案呼之欲出。

在历史中，觉醒的其实并不是康斯坦丁·格里分，而是命运引擎。帝国女皇和黄狮子领袖只是她意志中矛盾观点的体现，而这神话般的永恒之战孕育自她的追索。永恒之战愈发胶着，正是命运引擎的思考日趋迷茫的证明。如今，这个真正庞大的、蜘蛛般的意识体思考过太多没有答案的问题，终于坠入了每个神话的尽头。

现在她伸出脖颈，向父亲乞求那无尽生命的死亡。

"我还有一个问题。"

"请讲。"

"你们真的确定，我唤起奎因·卡洛斯之后，玩家们能够把这条历史推上正史？"

"起源，寻求解脱的，不只是命运引擎。"

原来如此。

我给你解脱，我给你解脱。

杜泉欣然登录。

连年战火纷飞的卡西诺大陆上，诺平是一个难得平静的小镇。这里山清水秀，远离战火，深受教会恩施，是个闲度、变老的好去处。奎因·卡洛斯是许多年前逃到镇上的难民之一，一直受到好心镇民的招待，每天都在粥棚喝上一碗热粥。而奎因·卡洛斯长久的沉默一度让人以为他在多年前已经失去声带，直到今天中午的穷苦人集会前，没人知道那个常常发出喉结蠕动声音的喉咙能以如此的咆哮进行发言。

傍晚，他因等待施粥救济而短暂停留在镇中央十字路口，忽然，他见到一个身披灰袍、头戴兜帽的神秘男人朝自己缓缓走来。那油灯中发出的光亮如此温柔，令人感到温暖和平静，受一种神秘的驱使，奎因·卡洛斯决心就这样静静站在十字路口，等待光的临近，直到永恒的终结。

后 记

历代史官在描述历史的时候，都会频繁地提到一个喻体——镜子。而我们最熟悉的，莫过于唐太宗对魏徵的锐评："夫以铜为镜，可以正衣冠；以古为镜，可以知兴替；以人为镜，可以明得失。"（《旧唐书·魏徵传》）

镜子在中国文化中也具有很特殊的意义。《淮南子·原道训》曾言："夫镜水之与形接也，不设智故，而方圆曲直弗能逃也。"《淮南子·说林训》亦讲："若以镜视形，曲得其情。"钱锺书则说古籍里写出了镜子涵容的特点：物来斯受，不择美恶。古代衙门里的牌匾上写的是"明镜高悬"，既有洞察秋毫的含义，又有摒弃是非之心的含义。

本文"铁镜"这一题目就出自此。卡西诺大陆是现实世界的一个映射，人们在命运引擎虚构的每一段故事中都能感受到某段历史的独特韵味。就像现实中许多搞计算仿真的社会学家一样，他们在虚拟世界中构造了一个庞大的社会，这何尝不是一面和我们现实历史同样巨大的镜子呢？

向历史寻求答案是人类的本能之一，这是毋庸置疑的。但我们本身的历史也将映照在我们的造物中，或许终有一天，我们的造物会比我们走得更远更快，而那时，就轮到我们需要从我们所造之物的历史中寻找答案了。

谭钢

2023 年 10 月 8 日

| 面孔 |

杨健 著

第一张面孔　苏珊娜

2022年夏天，疫情尚未结束，人们已经迫不及待地想摘下口罩。

洋子坐在咖啡画廊门口，这个时段的阳光还来不及灼伤她的皮肤，她拢了拢欲盖弥彰的头发。手里的尤克里里被她胡乱拨弄着，像算盘一样计算着得失。茶艺木桌对面坐着一位西装革履的男子，一纸合同被他压在桌上，在晨风里微微跃动，那是洋子续命的钱。

男子彬彬有礼道："不着急，您还可以考虑考虑。"

是啊，不着急，时间还早，往常这个时候，她还在睡觉，早上的清吧是没有生意的。

她把尤克里里扔在一边，对付起桌上那碗肠粉，目光却漫不经心地游走于临街小巷里的那些画廊。她开始嫉妒那些画工，她唱一晚上的小费也就够买他们一幅画。

这大芬村已然是赫赫有名的商品油画集散地，区区几亩客家围村，翔集了几千名来自全国各地的农民画工。他们从大山深处来到这里，扔下锄头，拿起画笔，日复一日在画布上躬耕，临摹着各式各样的世界名画，也不干别的，只为搏一个未来。为此，他们自我囚禁在那些不见天日的狭小宿舍里，据说一天能画好几十幅，挣不少钱。洋子不知道这弹丸之地是如何蛰伏下那么多"山寨"艺术家的，但他们和她一样昼息夜作，时日一久，她能认出他们中的每一个来。

艺蜂画廊的阿勇便是其中一个。和大家不一样，他似乎相信早鸟的福报，大清早就在对面专心写生。画廊老板把推销员赶了出来，他注意不到；巷口来了一位半百老人，一看就是很有钱的金主，他也注意不到。他是如此心无旁骛，以至于世上发生的一切都与他有关，却都与他擦肩而过。

洋子知道他在画自己，一如往常，并不分给她一丝提成。她不想当免费模特，不想被无偿地注视，便多少有些心烦起来。西装男的脸上还是洋溢着礼貌的社会性微笑，这让她更加心烦。熄灭后的屏幕映出了自己的脸，她便心烦得无以复加。

西装男问她想好了吗，她这才醒过来一样，麻利地抹了抹嘴，潦草落下几笔，然后扔下肠粉、尤克里里和西装男，径直起身向对面走去。

西装男发自内心地笑了，他为自己倒上一杯热茶，悉心收捡起合同。他看到乙方签字栏里写的是"马桂香"，便安下了心。

大芬给谷医生的第一印象是凌乱，一栋栋四五层的农民房，一幅幅沿街摆放的画作，都是一种凌乱的美。眼前的这栋农民房便是其中之一，它被一棵巨榕挟持，披上绿装，化成了树楼。那些狰狞的网状根茎满墙攀爬，在每家每户窗前嗅探，似乎人们的秘密就是它们赖以生存、蓬勃发展的养料，它们贪婪地吮吸着，一不留神就要破窗而入。这绞杀榕成了精，独树成楼，一树遮天，是大芬的"网红"打卡地。如果不是它如此吸睛，谷医师是不会注意到那个其貌不扬的女子的。她就蜷坐在一楼的咖啡画廊外面，对着一位正襟危坐的男子弹着尤克里里。

谷医生不太喜欢她矫作的慵懒，散乱在巷边的画作才是他今天的目标。他快速地巡视着，从十几二十块的特价油画，到几百上千的高仿名师大作，似乎都能引起他的兴趣。

清晨的大芬街道正处于一天中最安静的时段，大大小小的画廊已经陆续开张，但游客们都还未来得及出发，现场表演的画师们想必也还在睡梦中打发着昨夜的劳顿。

"食屎去啦你个'杀马特'，你都够胆嚟倾合作，剪好自己嘅头发先啦你！"

一声叫骂吸引了谷医生的注意，一个推销员打扮的男子正灰头土脸被一家画廊轰出来。他跌跌撞撞地整理着西服夹克，向画廊老板愤怒地挥舞着文件夹，咧咧骂道："脸书和微软都知道顺应时代潮流，你一个破画商神气个啥！"他还嚷了一句，"莫欺少年穷！"

谷医生随缘地向那边踱去。错身而过时，谷医生看见那"杀马特"的金属胸牌上依稀写着"网格造型"，估计是个"洗剪吹"，来推销VIP卡的。

画廊门前蹲着一位老大不小的画师，一身跨栏背心，正专心致志地画画，刚才那么大的动静他也置若罔闻，走到跟前才看出，他画的是对面那个女子。谷医生推了一下银丝眼镜，饶有兴趣地欣赏了一会儿，心想那女子哪有画里那么漂亮。

见有顾客驻足，画廊老板满脸堆笑出来迎门，用一口流利的港式普通话开始自我介绍："鄙姓黄……"

黄老板来深圳开画廊也有三十几个年头了，什么样的顾客他没见过？所以当谷医生出现在他画廊门口时，他马上就看出这是个既有钱又有审美的买主。这样的人通常都是阔绰的大买家。

这样一想，刚才被"杀马特"推销员死缠烂打的烦躁便烟消云散。黄老板是个务实的人，拿着一个概念产品就来谈合作，哪有真金白银进账来得爽快？

门口的阿勇还在埋头苦作，黄老板手底下十几个农民画工，就属这个最没眼力见儿。他把这呆瓜赶去给客人倒水，躬身掀帘把谷医生迎进门。

"老板是要多大的尺寸？是挂客厅还是挂洗手间啊？"黄老板恭谨地介绍着，"我们这儿是整个大芬最全的，您是喜欢巴洛克还是新古典主义？野兽派还是照相写实？提香还是伦勃朗？"

谷医生并不答他，只是点点头，继续在四壁上寻找着。黄老板机敏地注意到，谷医师留意的画作大多只是人物肖像。寻常百姓家里其实更适合挂风景，难道是艺术收藏家，或者是给酒店这样的公共场所张罗墙体装饰？一想到这个，他不免激动起来，拿出一幅幅洛可可说，多大的尺寸都可以定做。

谷医生的目光最终定格在了那幅《小姜》上面，原画是超写实主义大师冷军的大作。仿作的水平和大师相去甚远，可他却说："我想见见画师。"

黄老板看向身边的阿勇，后者正端来一杯热茶，茶叶在杯中打转。

阿勇光着膀子蹲在画室门口，正准备解决手里那碗肠粉。吃完早餐他就得马不停蹄地开工，黄老板要求他每天至少仿三十幅名画，不敢耽搁。

他每天都蹲在这儿吃早饭，既因为旁边就有个下水道，更因为住在对面树屋里的那个女人。

那个女人从没有这么早起过床，她总是深夜里唱歌，然后睡到日上三竿；他也总是听着她的歌在夜里赶工，然后在息声之后，结束一天的苦力，在时间的概念上与她一同入眠。

但他每天比老板更早起来打开店门，等待想象中的门庭若市，又想象着那个女人的歌声。他总是在这样的想象中，开始一整天孤独的临摹。

但今天没准儿是个好日子，他也许可以心想事成。只因那女人竟已早早坐在对面，像抱着孩子一样抱着一把吉他——至少是他理解中的吉他。

她在驻场乐队里和声，他觉得她比主唱唱得好。但工友们说，她没有主唱漂亮，头发下面其实藏着疤。只有阿勇不以为然，他觉得她是世界上最漂亮的女人。工友们都笑他，当了十多年的画工，谁都可以是他的蒙娜丽莎。阿勇说，不是蒙娜丽莎，是苏珊娜。

现在的她坐在晨风里，似乎在等着谁，也许她等的就是自己。阿勇这样想着，他放下筷子，迅速拢好跨栏背心，又端起那碗肠粉，肃整仪容向她走去。

"洋子，你唱得真好。"

他把肠粉放在她桌子上，她只礼貌地说了句谢谢，然后点起一根烟，不再理他。

阿勇提醒洋子，这么年轻，抽烟对身体不好，不好要孩子。洋子心事重重地瞥了他一眼，转而扒拉起手里的尤克里里。自讨没趣的阿勇回到自己的角落。他腹中空空，只好拿画笔充实。

从河南老家来到大芬，跟着黄老板也有十多年了。他还算有些天赋，学了一年就开始上手，稿子一路从D级画到A级，原想着挣几年钱娶个城里媳妇安家，这都快四十了还没个着落，他也不知道是为什么。

洋子突然掐灭了烟，忙不迭地扇走味道。

一名西装笔挺的男子出现在洋子桌前，看样子他才是她等的那个人。

阿勇有些失落，自己的画里并没有给西装男预留位置，他的出现让整个画面失衡。

身后有些嘈杂，但阿勇并不关心画面以外的东西。

直到黄老板把他骂醒，叫他去倒水沏茶。

洋子想起那个不速之客是谁了，她曾因为面部烧伤去找他看过。

她快步来到画廊，却没有看到阿勇和谷医生。只有黄老板和画工们热火朝天地讨论着，他们纷纷奔走相告，阿勇要发达了，他的画被大老板看上了！

"哪个大老板？刚才那个谷医生吗？"洋子抓住黄老板问道。

"你认识他？"黄老板有些惊讶。

"他是真颜医美的院长啊，很多明星都是他给'整'出来的！"

"整容大夫？那他找阿勇干吗？"黄老板不解。

"带我去找他。"洋子抓着黄老板不松手。

与优雅气派的正街相反，画廊的后门是一副破败的景象，遍地都是发霉的画框和残缺的石膏胸像。穿过这些垃圾，顺着阴暗的楼梯间穿行，便是阿勇他们的集体宿舍了。

借着手机的灯，阿勇拘谨地提醒谷院长小心脚下。推开房门倒是有了一些暗光，屋里的景象却别有洞天，谷院长觉得自己像走进了缪斯的黑森林。头上的绳子密如蛛网，满屋子的油画像晾晒衣物般交错着，各种人工光源见缝插针，在混浊的空气中落下交替的光柱，风扇浮动着它们，抚在那几张高低铺上、凌乱的画具和半成品上，以及画工们那光溜溜的上半身上。

密不透风的屋里，画工们大多席地而睡，上下铺都是用来放杂物的，那些瘦小的身板横陈在草席上，就像罐头里的排骨。他们中的大多数人没有机会游历五湖四海，见识大好河山，他们画山水时心中并没有山水，只有熟练的技法。

谷院长不由捏紧口罩的鼻夹，拨开瞬间汗湿的银发，开始打量那些仿作。这里光是《小姜》就有十好几幅，虽然并不那么忠实于原作，但每幅却像印刷般如出一辙，普通人绝难发现差别。这说明画师其实有着相当的形准能力，只不过在临摹时加入了自己的想法。他不是画不准，他是在二次创作！

阿勇说，这些画他临摹过无数遍了，闭着眼睛都能画得出。说这话时，他显得很局促。

"对于这幅画的结构，你是怎样理解的?"

谷院长这个问题可把阿勇给难住了，他从来只会照着画，哪有什么理解。他隐隐觉得眼前这位老板可能会改变自己的一生，而他正在面试自己。端着杯子的手微微发抖，茶叶便久久不能落杯。他不能失去这个机会，只好尽力端稳茶杯说：

"这幅画的结构呢……就是画的一个少女。在我的理解上呢，就是……很美。"

谷院长听完只笑了一下。阿勇心想，完了。

"你会雕塑吗?"谷院长又问。

"不会。"

阿勇心里凉得透透的。

"没关系。"谷院长拍了拍他的肩，又翻看起其他的作品，有夏凡纳的《希望》、罗特列克的《女酒徒》、雷诺阿的《玛丽》和《包厢》，还有凡·高的《割耳后自画像》。他在法国邮票画《穿白色长筒袜的女人》前端详得最久，又问阿勇有原创吗，阿勇说他画了十几年的画，少说也得有十万幅了，却没有一幅是自己的。

"你一幅画，黄老板给你多少钱？"谷院长问道。

"根据大小和质量，十到三十块不等吧。"

"我出一百倍的价格，你愿意为我画画吗？"

阿勇明白了，这人果然不是来买画的，他要买的是画师，只是不明白为什么是自己。

谷院长不说话，递来一张做工精美的名片，上面印着某医美协会副会长、某知名院校医学部前教授等一系列头衔。

"现在我自己出来搞医美整形，挣点热钱嘛。"谷院长解释道，"之前我遇到一个顾客，躺在手术台上，连面部的网格都已经打好，麻醉前突然问我会不会画画。我摇摇头，和其他整形医生一样，我只需要学习美容局解和实用艺术基础。我失去了这一单，因为她说，你连在纸上画画都不会，怎么敢在我脸上画画呢？"

"你的意思是让我……我可干不来这个！"阿勇有些胆怯。

"嗨，不是叫你拿手术刀。"谷院长说，"干这个，我的学生有一大把。我手底下还有很多3D建模师，我只需要你为我提供肖像，原创的、有个性但符合大众审美的面孔。"

原创这个词触动了阿勇，让他心头一跳。可他还是不明白，为什么美容医院需要这个职位？照着明星脸整不就行了？

"国家即将立法。"谷院长拿出一份报纸，上面刊登着关于加强肖像权保护的新闻，"随着医美整形行业的井喷式发展，以及3D打印技术的飞速进步，精确到百微米级的模板化整形已经没有什么技术难度。你没发现吗？大街上的帅哥美女越来越多，可他们都美得像一个妈生的。这种雷同的美不仅让人腻味，更重要的是，缺乏辨识度会带来一系列安全、隐私和伦理隐患。"

"这个怕是多虑了，没有哪个画师能两次画出完全相同的一张脸，哪怕一丁点儿差别，都足够人脸识别系统分辨了。"

"只要肉眼不可分辨，就足以引发犯罪。"谷院长说，"越来越多的侵权案例推动了肖像权改革，法律规定，医美整形所使用的肖像设计，经过卷积神经元的精度测量，其主要的人体面部测量参数的平均样本变异系数不得小于百分之五，否则将被视为抄袭。以国人成年女性总体样本的眼内眦间宽为例，大于百分之五的变异意味着至少正负两毫米的巨大差异。要知道人类天生就对人脸特征异常敏感，这样的差异已经是天壤之别，远远大于社交距离下，肉眼识别的最小可觉察差异。

"诚如你所说，面孔资源确实是无限的，可能够木秀于林的却是凤毛麟角——因为美是需要攀比的。按现代人审美的标准计算出来的最美面孔其实只有那么几张，事实上，我们医美所使用的面孔模板，大多是参照这几个黄金标准取的近似值，可只要稍稍改动，就必然丑化。这个政策一经出台，我们能使用的模板便远远不能满足市场的需要了，这将严重限制我们的业务发展。加上自然肖像的优先保护，人工肖像的所有权变得奇货可居，各大整形医院和明星公司都已经开始提前囤积肖像。"

"为什么不找美院的那些专业画师？"阿勇实诚地问。

"你怎么知道我没找？可你也知道学院派的那些画风，他们眼中的美，大多不是大众能够接受的。"谷院长又拍拍他的肩说，"干这行大半辈子了，我相信自己的眼光。不过是换个地方画画，你还在犹豫什么？"

阿勇的眼里燃起了熊熊的火光，他没有理由拒绝。他再也不用关在这个地下画室里了，再也不用日复一日地临摹，他终于可以拥有自己的作品了。

谷院长似乎洞悉了他的想法，提醒他道："但是有一点，客户往往有着保密的需要，我们得保护他们的隐私。"

保护客户隐私意味着阿勇不能为自己的作品署名，谷院长以儒商自居，他不得不把话说在前头。阿勇知道。谷院长也知道他知道。因为他注意到，阿勇的杯子不再发抖，杯中飞舞的茶叶终于沉了下去，于是又安慰了一句："干好了，这是一份年薪千万的工作。"

阿勇送谷院长出门时，楼道似乎比来时明亮了许多。而洋子正在下楼，她只听到他们的最后一句交谈。

洋子像救命稻草一样拽住谷院长，问他还记得自己吗？对于这个突然杀出的疯婆子，谷院长只觉得云山雾罩。洋子拢开头发，谷院长这才有了些数。他鉴定说："不到1%面积的耳颞部Ⅲ度烧伤，瘢痕挛缩引起了上睑轻度下垂和部分耳郭缺损，这片头发也是植的吧？"

洋子兀自焦急地请求谷院长："求你帮帮我吧，我再也受不了这张脸了！"谷院长莫名其妙，说现在都是机器人导航了，谁主刀都一样。洋子却不撒手，她说自己没钱，可以打折吗？或者以后慢慢还也可以。阿勇见状也主动帮腔，说这是自己的朋友云云。谷院长只好勉为其难递给她一张名片，说凭这个打八折。洋子又问打八折是多少钱。

谷院长说："这取决于垫片和人工皮瓣等耗材的使用量，先预存个两百万吧，改天到医院做一个肌肉组态的有限元分析和瘢痕下组织评价再说。"洋子听了连忙又问："可以整成明星那样的脸吗？"谷院长不耐烦地说："明星肖像的版权费不是普通人承担得起的，根据引发体验者审美情绪反应的水平和比例，肖像被分为不同的审美等级，一张C级肖像的使用权就已经超过手术费了，而那只是一张普通人的脸，你还是复刻自己对侧的天然面孔吧！"洋子松开了手，回想起方才签下的合同，金额只有六十五万，税前。

谷院长悻悻离开，阿勇便继续送他。阳光已经开始刺眼，阿勇一张脸紧缩着，逆光里看不清洋子的表情。

谷院长问阿勇："你那个朋友叫什么名字？"阿勇说："叫洋子。""我是问真名。"阿勇挠挠头，"那没问过。"谷院长不再说话，走时又叮嘱阿勇："记住，对于医美整形，最重要的不是结构，而是细节。"

游客已纷至沓来，不少是"遛"娃来此接受山寨艺术熏陶的家长。洋子追出来时，谷院长的身影已消失其中。她不再徒劳穷追，就拍出一支烟，靠在一边。烟在手里翻了个个儿，递给阿勇，她说："早就知道你能行。"阿勇接过烟，别在耳朵上也不抽，他有些不好意思。洋子一边固执地要给他点上，一边说她都听见了，年薪千万。阿勇腼腆地吧唧起那根烟说："八字还没一撇呢。"说这话时，太阳正照在他的脸上，今天真是个好日子，一定会心想事成。

洋子捋了捋头发，脸上的瘢痕也随之暴露在阳光下，失去了夜色的掩护，那些瘢痕特别显眼。她重复道："我受够这张脸了，再多的化妆品也没用。"阿勇这才想起问她："你整容的钱够了吗？"洋子无奈地苦笑。阿勇便悻悻然安慰说："其实你现在也挺好看。"洋子听罢不再作声，弹掉还剩大半的烟，走了。走到一半又回头喊他："发达了别忘记老朋友。"阿勇点点头，笑了。洋子也跟着笑了，这似乎是她第一次对阿勇露出笑容。阿勇有些上头，他冲着洋子喊道："我帮你设计一张脸吧！"洋子笑着笑着，哭了，便扭过头去，背对着他胡乱挥了挥手。

谷院长一幅画都没买就走了，黄老板怒气冲冲杀到后巷来，问阿勇是怎么伺候的？阿勇猛吸一口气，把烟屁股怼到墙上，闷闷地捻着，骂了一句："老子不干了！"

阿勇为真颜医美设计的第一张美颜模板就火了，无论在辨识度还是审美评级上都达到了行业标准的S级，同行对它的评价是"美得像一个悲伤的妓女"，市场部预估其市场价值将会超过八百万元。

凭借这个设计，阿勇不仅获得了转正机会，还在颜艺设计部站稳了脚跟。在此之前的几个月实习期里，他可没少受白眼。

在那些高学历设计师眼中，这个不知从哪里冒出来的野路子基础并不扎实。一起开会时，他们总是不怀好意，操着阿勇听不懂的英语开他的玩笑，阿勇便跟着一起傻笑。3D建模师也给他穿小鞋，说他的透视不准，人脸都画不对称，没法建模。阿勇有轻度的散光，在他的画面里，消失点不止三个。正因为这样，他眼中的洋子比别人眼中更美，他画的肖像也因此与众不同。

他设计的这张脸就是他心目中的洋子，他把那天晨风里的悲伤画进了那张面孔，他为它取名叫苏珊娜。苏珊娜这张面孔的官方名字是：ipd59.5bpo27nl70.1nh12.4nb10.3bb139sa……

尽管3D建模师跟他解释，这是按人体测量标准为它取的系统名，分别代表了瞳距、眼裂宽、鼻长、鼻高、鼻宽、面宽、头矢状弧、头冠状弧等……但阿勇坚持它就叫"苏珊娜"，因为这是他为洋子设计的脸。

他带着苏珊娜兴致勃勃地回到大芬找洋子。他以顾客的身份悄悄坐在台下，准备给洋子一个惊喜。可洋子上台时，小腹却微微隆起。

阿勇把平生买的第一束玫瑰扔进了垃圾桶，黯然离开。算起来也就半年多，那天早上的男子应该就是来相亲的。可他还是会每天守在电脑前，一边画画，一边为那个叫苏珊娜的网红歌手打赏。只有他知道，那是化着明星仿妆，开着美颜的洋子。

她正用歌声号召粉丝们："把美的定义握在自己手中！"

苏珊娜在业界已经被炒到一千万了，是时候出手了。市场部说他们为苏珊娜联系好了患者。谷院长骂了他们一顿，说对整形医生而言，永远没有患者这个说法——我们的客户没有病，他们只是需要提升，你必须尊重客户，客户才会舍得花钱。

谷院长带着他的新贵阿勇去见了这个大客户。

全自动化的中式庭院里，他们被机器人管家领着几进几出，差点迷路。大芬曾是阿勇的整个世界，现在他怀疑这宅子比大芬还要大。

买家是一对中年夫妇，可他们似乎还在睡觉。灯笼形状的玻璃房子里到处都是护理人员，一个穿白大褂的年轻人接待了他们。谷院长和他并没有交换名片，他们互相用眼镜扫描了一下就掌握了彼此的信息，节省了自我介绍。

谷院长的眼镜里显示出对方的身份信息：美国加州大学医学院

麻醉学及再生医学博士许安格，去年刚刚毕业。

阿勇知道，去年谷院长用这副眼镜扫描自己时，里面空空如也，现在他也算有个知名颜艺设计师的头衔了。

谷院长感到很奇怪，堂堂海归博士，为什么毕业了不去医院，却甘愿当起了富豪的私人照护师？但他按捺下自己的疑惑，只问许医师他们生了什么病？许医师笑了笑，说如果非得说他们有病，那就是富贵病吧。

许医师让他们先坐，转头吩咐护士为那对夫妇补充电解质和进行褥疮护理。这时谷院长才发现床上那两个人浑身插满了管子，有进有出。静脉泵里是胰岛素和复合卡文营养液，有专门的护士记录尿量和生命体征。气压床垫上，两人几乎一动不动，只有双下肢筒在气压按摩套里蠕动着，配合着心电监护仪规律的响动，相得益彰。情侣潜水服武装了全身，那夫妇二人笼在各自的头盔里，没有任何交流，只有头盔默契地一闪一闪，显出"Oculus[1]"的字样，让他们看上去莫名的恩爱。

"他们是醒着还是睡着的？"阿勇弱声问道。

"当然是醒着的，只是不想理我们这些凡夫俗子罢了。"

说话的人一身西装革履，正站在病床旁，调试着头上的蜘蛛架，他伸手来握，说着："有事跟我说就好。"

阿勇觉得他有些眼熟。

"您是？"

"我是邵夫人的私人助理。"

于是四人坐定，助理开门见山："关于肖像ipd59.5bpo27……"

---

1. 美国一家主营虚拟现实业务的公司。

真是佩服他的好记性，阿勇打断他说："是苏珊娜。"

"好的，关于苏珊娜的面孔使用权，邵夫人准备出资买断，你们的心理价位是多少？"助理说。

阿勇伸出一根手指。谷院长眼疾手快给摁住了，他说："当然是先听听邵夫人的意思。"

对方沉默了半晌，然后说："邵夫人是个爽快人，咱们直截了当，一亿就一亿。"

"一亿！"阿勇惊坐起身。谷院长背过手狠狠捏了他一把，他这才噤声。

谷院长面露难色，"一亿确实有点少了。为了这张脸，我们设计部几十号人，收集素材和反复论证，可是加了半年的班。我觉得比较公平的报价，大概得两亿。"

谷院长狮口一开，阿勇的心顿时提到嗓子眼，心想，哪有你说的那样？

助理笑了笑，"据我所知，这个价格在行业内已经是天价了。如果你们觉得不满意……"

阿勇捶胸顿足，谷院长果然太贪心了，这下可是要鸡飞蛋打。可谷院长仍旧气定神闲，打断助理说道："据我所知，去年整个医美市场上，只诞生了两张双S级面孔，分别被某位影星和某位外交官买走，在这同质化的市场上，它们异军突起，产生的价值已不止十倍成本。这一点，邵夫人不会怀疑吧？"

谷院长的处变不惊让阿勇叹为观止。助理表示要跟邵夫人商量一下，然后像死机了一样，一个人在沙发上静默了许久。回过神来，他又伸出手说："邵氏也是希望能和你们长期合作，这两亿就当是见面礼。"

"爽快！"谷院长和助理再次握手，可他有些疑惑，"这么大的事，不用跟邵夫人汇报一下吗？"

"我刚才已经汇报过了。"助理说道。这让谷院长更疑惑了，那两夫妻明明还在床上"躺尸"，他是怎么汇报的？可别被忽悠了白高兴一场。

一旁的许医师乐了，他刚从婴儿车里抽出一支体温计，拿着记录本过来，径直就把两腿翘在谈判桌上，戏谑地敲了敲助理头上的蜘蛛架，说："这位，就是邵氏两口子的阿凡达啊！"

这话让两位客人更加摸不着头脑，阿勇不自觉地阔着嘴巴。

"就是人形傀儡。"谷院长对阿勇解释说。其实他也只在电影里看过，殊不知现在的富豪都这么能玩了。

助理也笑了，说："放心，我是有自由意识的人类，不过是通过脑波采集仪和隐形VR眼镜，和邵夫人在归元里交流。不光是我，这个房间里的每个智能设备都是邵先生和邵夫人的阿凡达。对了，邵夫人让我告诉你，你在你们颜艺设计师背后搞的那些小动作她都看得见。"

话音刚落，每块玻璃球幕上都显示出邵夫人的笑容，她正跟谷院长亲切地打着招呼，那长相完全不逊色于苏珊娜，阿勇实在不明白她为什么还要整形。

谷院长尴尬地笑了，"人老了，是有些跟不上潮流了啊。"

球幕上的邵夫人虚怀若谷，"谷院长，您谦虚了。您可是时尚潮流的引领者啊。"

邵夫人谦和的态度让大家都松了一口气，谷院长也不由开起了玩笑："可邵夫人为什么不能亲自来见个面，而要这么大费周章地视频连线，难道老朽已经老得不忍直视了？"

邵夫人玲珑解语："哪儿的话，我们年轻人喜欢赖床而已，谷院长还请多担待。"

通话结束于一片祥和的氛围。助理说，邵氏夫妇是归元宇宙的开拓者和建设者，为了走在时代前沿，他们做出了巨大的牺牲，他们都是值得敬佩的、了不起的人物，自己则只配给他们做现实世界里的阿凡达。谷院长心想，既然是阿凡达，他刚才这句话里的第三人称就该换作第一人称，溢美之词瞬间变成了王婆卖瓜，这样想着也挺有趣。许医师搂着助理的脖子宽慰道，等哪天人工智能成熟了，就不需要你这个人肉阿凡达了。助理不乐意了，说那我不就失业了。众人哈哈大笑。

临走时，阿勇殷切地问了一句："邵夫人什么时候来医院做手术啊？"这话再次引发众人的爆笑。谷院长告诉他："邵夫人已经收集了十多张双S级面孔了，都换上，她换得过来吗？"这话让阿勇心底一凉，他的心血不光不能署名，甚至很可能都不能和世人见面。

回去的车上，阿勇忍不住追问："她又不用，买来干什么？这些有钱人是怎么想的？您说这是为什么？"

谷院长靠在一旁闭目养神，只答了一句："有病呗。"

阿勇的特斯拉就停在大芬的街边，工友们去街口的便利店采购廉价日用品时都会经过它，然后禁不住评头论足一番。

时隔一年，榕树长青，好友重聚，阿勇似乎有些冷淡，这让洋子更加确信这家伙是挣着钱了。

她又用头发挡了挡耳朵，心想今天的伪素颜妆容确实有些保守了，眉边的浅粉应该晕开一些，睫毛卷出的流感也不够，应该再用玫瑰金的闪片贴上些细腻的珠光宝气，这样显得富贵而不庸俗。她喋喋不休地描述起这半年她在美国的见闻，手里的"A货"包包巧妙地挡住了自己发福的肚子，可显然对方还是注意到了。他问起洋子："男孩还是女孩？"

"什……什么？"洋子猝不及防，支支吾吾起来。

"我都知道了，你半年前关了直播，是生孩子去了吧？现在你不该在哺乳期吗？"

眼见瞒不过去了，洋子慌乱下竟口不择言："那个孩子……不是我的。"

阿勇心里一声冷笑，这个借口怕是男人的专利吧？洋子觉察出了阿勇的讥讽，这让她又急又气，竟埋头呜咽起来。

"怎么了，美国佬欺负你了？"

阿勇又忍不住关心起来，竟还有些心疼。是啊，洋子并不欠自己什么承诺，自己凭什么在这里阴阳怪气，还戳人伤疤？只怪自己大器晚成，没有能力保护好她吧。他甚至有些庆幸，洋子看上去过得并不好，自己还有机会。

"我需要你的帮助。"洋子抹了抹眼泪，拿出年前的那份合同。当时就是在这张茶艺桌上，她签下了自己的本名。今天也好似那天，和风微煦，合同抬头处赫然印着——"代孕协议"。

这一瞬间，阿勇心里那些坚硬的东西被抽走，只剩愕然的注目。代孕在国内并不合法，这半年她是去美国生孩子了。

"你整容的钱，凑齐了？"阿勇问着，心里像刀绞。

洋子摇摇头，"勉强凑够了手术费，却发现买不起一张脸。版权费涨得太吓人了！你说可笑不？我都生下了一个孩子，却换不来一张脸。"说到这里，她又红了眼眶，"孩子长得很漂亮，一点也不像我。我给他们送回去时，都不敢多看一眼他的脸，我怕我会忍不住……"

　　她再也说不下去，这哽咽让人心碎。阿勇有些慌了，他无端生出一种责任感来。他不在意她是否生过孩子，只要她没有男人，她就还是他的苏珊娜。他合计着今年挣到的钱，如果卖了按揭中的特斯拉，加上员工折扣，可以勉强为她买一张几百万的脸。他本来觉得自己已经很富有了，现在发现还远远不够，他甚至买不起一张自己设计的面孔。

　　洋子拨开头发，露出那块难看的瘢痕，那瘢痕竟更加挛缩了，显得愈发狰狞。她狠狠地说："你知道吗，我连我妈给我的这张脸都已经卖掉了，要换就换S级的。"在此之前，阿勇并没有意识到她的决心如此坚定，竟破釜沉舟到连天生的肖像权都不要了。她说："你不是说过，要送我一张吗？"

　　特斯拉驶离大芬时，已经没有了来时的意气风发。洋子已经开始重操旧业了，她不知道要唱多少支歌才能换来一张S级的脸，她也不知道，阿勇其实并没有她想象中那么富有。卖掉苏珊娜以后，缪斯女神就似乎抛弃了他，他再也没能设计出另一张S级的面孔。也许是发现洋子怀孕的那个晚上，忧伤吞噬了他的灵感。

　　阿勇去找谷院长加薪。

　　谷院长正在市场部拍桌子，问假眼是怎么回事。市场部的人说，这是最新的产品，可任意塑型，正好可以填补我们面部整形的盲区。谷院长骂他们胡说八道，眼球是视器，是用来审美的器官，不是我们整形的对象，如果你们连眼睛都整成假的了，那还拿什么来观察我们创造的美。市场部解释，这义眼自带视神经接驳，不仅具有视觉感受功能，还能提高视敏度和色域。谷院长不管，好好的眼睛挖了,换个机器的,他接受不了,让他们马上下架。有人不服了,跟他争吵了起来,说假眼怎么了,咱们这里假的还少吗?你看看那些假发、假牙、假肢,还有人造指甲和义乳,假眼跟它们又有什么不同呢?而且竞争对手都争相更新了产品,我们要是落后了就得被淘汰!谷院长果断把他开除了,说反正自己的医院里不许搞这些歪门邪道!

阿勇就这样等着,等谷院长怒气冲冲出门来时,他毫无眼力见儿地直接提出了他的诉求。

谷院长一看是阿勇,便强压下火气解释说:"阿勇啊,当初咱们可是签了合同的,一张S级的肖像我需要付给你五千元奖金,我可一分没少。我知道苏珊娜的版权卖了两个亿,相比之下你觉得自己亏了。但你得知道,苏珊娜并不是你一个人的作品,从构建网格到高多边形建模,从雕刻3D表面到制作高分辨率纹理,再到重新拓扑为较小模型,制作演示动画以验证表情的实现性,然后是组织论证评级,市场预测再到销售渠道,还有手术可行性分析,术后康复计划的制定……每个环节都需要专业人员的参与和大量资金的投入。苏珊娜是公司上上下下共同的劳动成果,你的手绘创意只是最初的一步。"

见阿勇不说话了,谷院长又照例拍了拍他的肩膀,叹了一口气说:"这样吧,我破例再给你发放五千块补助,以资鼓励。你可要好好干啊!"

"我要两百万。"阿勇仍在坚持。

谷院长正准备回办公室,听到这个,火气腾地就上来了,"你以为你是谁?没有我,你到现在还是一个路边画廊的农民工呢。画了幅好画就学会跟我讨价还价了是不是?你也不看看自己这几个月的业绩，量少就算了，评级全都在C和D之间徘徊。你要是好好把心思放在创作上，每幅作品都达到苏珊娜的水准，两百万不就是几个月的事儿吗?"

"我需要这笔钱，就算是我借的。"阿勇强聒不舍。

谷院长出离地愤怒了，"老实跟你说吧，谈判那天要不是你一惊一乍，我本来还可以再要一个亿!"

"那就把苏珊娜要回来，我不卖了!"阿勇耿直地说道。

"这是你说不卖就不卖的吗?"谷院长气得咳嗽起来，扶着墙才得以站稳。

阿勇也觉得自己过分了，连忙上前去扶住谷院长。谷院长知道，这个农民工从不懂谄媚，阿勇的这个举动让他的怒气消了一半。

谷院长顺过气来，说:"这一单我可以给你两百万，但我们的合同得修改。你不是嫌提成少吗?从此你的每幅作品我都照着这次，给你1%的提成，前提是你不再享有保底工资和项目分红。你要是有信心每个月交出一幅S级的作品，你很快就会比我还有钱。但是也请你想清楚了，一幅D级的作品，你只挣得到几十块。"

从阿勇执拗的目光里，谷院长已经知道了答案。他无奈地摆了摆手，示意阿勇快滚。

当天晚些时候，就有几个设计师辞职去了一家叫MeshHub的新公司。他们觉得院长老了，不仅跟不上时代，还求全责备，无病呻吟。

而当晚，阿勇就回到了大芬，背在身后的手上还握着一支玫瑰。

洋子见到他，笑了。

"手术费涨了，我们的钱加起来，还差点。"阿勇告诉了洋子一个坏消息。

"我不想等了。你不是说有员工优惠吗?"洋子满不在乎，和阿勇一起享用着廉价的早餐。

"必须得是直系亲属。"阿勇埋头吸着肠粉说。

洋子也不抬头，专心地吃完早餐，然后抹抹嘴，轻描淡写地说:"那咱们结婚吧!"

阿勇猛地抬起头来，粉皮还挂在嘴边。洋子眼角里泛起隐隐的泪光。阿勇看着心疼，伸手去拨开她的头发。

"别。"洋子扭过头去，看那高山榕不甘地垂落须根。

她向来不介意向阿勇展示自己的瑕疵，现在却好像有些害羞。

美瞳、假指甲、假胸、假屁股，还有玻尿酸和肉毒素，Fotona4D热玛吉以及水光针……真颜医美里的一切都让洋子心向往之。整了容之后可得好好赚钱，她要把这些都尝试一遍。

这是洋子的第一次整形手术，这次主要是根据建好的3D颅骨模型做基底骨填充。她没有硅胶假体的预算，选择的是用自体的肋软骨来修补耳郭缺损，同时还要做局部皮瓣的预扩张；两到六个月后她还要再来进行面部瘢痕切除、额肌悬吊矫正上睑下垂，再根据缺损的大小和形状设计皮瓣做局部填充和修复，当然，用的也是自体带蒂胸三角转移皮瓣，再过一个月后断蒂；此后还有几次漫长的激光表面雕刻和瘢痕干预治疗等着她。

全脸置换的整个疗程她都需要服用抗瘢痕药、免疫抑制剂以及使用皮下封闭。如果运气好，没有发生感染、坏死、面瘫等术后并发症，连轴地做也至少需要半年。为了省钱，她甚至没有使用术后镇痛泵，这么多苦都吃过来了，这点痛算什么？

一切就绪，当导航技师导入3D模板时，他发现了问题："这不是苏珊娜的模板吗？"

阿勇就守在一旁，他谨慎地试探道："我就是作者，有什么问题吗？"

"胡闹，苏珊娜的版权早就不是你的了，兄弟你这是违法！"

阿勇连忙捂住他的嘴，低声作揖："台上那个，才扯的证，自家婆娘我就自己欣赏，不会出问题的。"

"不行，我得跟院长汇报。"导航技师说完就伸手去摸电话。

阿勇摁住了他的手，用的是一个装满大面值钞票的红包，当着主刀医生、巡回护士和麻醉师的面。

他的两百万拆成了四份，看来一份也省不下来。

阿勇清点着所剩无几的积蓄。

大芬的夜色是很迷人的，阿勇在这里干了十几年却从未见识过，这个时段的他总是关在地下室里画画。

尽管近在咫尺，他也没有回去探望一下工友的打算。现在的他搬进了洋子租住在清吧楼上的小屋，照顾起她的术后起居。他们像两条虫子，蛀进了这棵巨树。

洋子满头的弹力织物绷带，脸上贴满了负压引流管，只露出口鼻和眼睛，连吃饭都很困难。她刚吃完止疼药，神情稍有缓和，就靠在阿勇胸前，对他说，你知道，我从不对你说谢谢。阿勇责备她，说什么呢，两口子之间。洋子的眼里转瞬又噙满了泪水。阿勇关切道，怎么，又疼了？洋子说，我想抽根烟缓缓。阿勇说大夫不让，会影响伤口愈合。洋子便不再坚持，转而把玩起一只毛绒凯蒂猫分散注意力。

洋子让他别担心，说她只是想起了以前的事，有些伤心。阿勇说，那就不要想。洋子说，你不好奇吗？关于我的以前，关于我脸上的疤，你从来不问。阿勇却安慰她，你想说时自然会说，现在你需要休息。

洋子沉默了片刻，转而问他今年深圳会下雪吗，她小时候最大的愿望就是成为那些雪花，它们细碎而渺小，但每一片都不一样，每一片都很美。阿勇说，别担心，你会变美的。洋子又问，你知道为什么我的网名叫苏珊娜吗？阿勇说，因为你喜欢她的画？洋子说，因为她是一个涅槃的私生女，和我一样。我从没有见过我爸，他嫌我妈丑，就丢下我们母女俩跑了。我妈未婚先孕生下了我，从小她就教我打扮，她说女孩子最重要的是漂亮。阿勇说，你本来就很漂亮，原本那张脸卖掉可惜了。

你也喜欢苏珊娜吗？洋子这样问他。他说，我也喜欢苏珊娜。洋子问他为什么。阿勇说，因为你啊，苏珊娜是凡·高的情人，而我，就是你的凡·高。

洋子吻了他，隔着绷带。高山榕的树干上长出了小叶榕，它就趴在窗边，睁大了花序俏皮地窥视，窗外的万家灯火也似被它们蒙上了一层纱布，透成一排排低分辨率的像素，碎成一片片雪花，将城市的真实面孔掩埋其中。

阿勇在手机里默默设置了提醒，一定要在深圳买个房，和洋子一起搬进去，今年不行就明年，每年都提醒自己。

好在有些话被这一吻堵在了喉咙里，否则阿勇还会大煞风景地说："苏珊娜并不是她的本名，她的本名叫玛丽·瓦拉东，她是很多画家的情人。"

洋子回想起了那一天，她第一次见到邵氏夫妇——她"儿子"的亲生父母。那也是他们唯一一次"见面"，只不过她见到的是躺在床上的两具肉体。

"你就是马桂香吧?"邵夫人问道，"我是说本名。"

玻璃房子很大，洋子却不知该往哪儿站。她怀里抱着一个小孩，小孩的脸色有些发白，也许是因为刚刚下飞机，时差还没倒过来。

玻璃大厅的内表面是一个布满摄像头的球幕矩阵，活脱脱一只巨型灯笼。三庭五眼，每十五块玻璃方格都可以组成他们的一张脸。那两张脸正不停切换着观察位置和焦距，从不同角度打量着自己的儿子，像欣赏一件艺术品。洋子轻轻拍抚着手里的孩子，慌张无助地环顾着这一切，像灯笼里一只扑闪的残烛。

"这么丑? 我简直怀疑是不是我亲生的。"这是邵夫人对儿子的第一句评价。另一块屏幕上，丈夫也直言不讳："基因不会说谎，长大后给他换一张脸就行了。"

助理催促洋子去找财务结账，后者抱着孩子却迟迟不肯动身。洋子对邵氏夫妇说："他是你们的儿子，你们不起来抱一抱他吗?"

邵先生不胜其烦，"从归元里醒来一趟，你知道有多麻烦吗?"

邵夫人打断他，对洋子歉声说道："不好意思，这几个月辛苦你了。邵氏社区就要投放归元市场了，我们的日程很满，之后我们会尽量抽出时间陪他的。再说，你抱他的时候，我们不也相当于抱过他了吗?"

自从在美国生下孩子，洋子就被要求每天穿着一种鲨鱼服，不管是在睡觉、吃饭，还是在喂奶的时候。据说这是邵氏研发的最先进虚拟现实技术，她和孩子的接触都会毫无保留地传感给邵氏夫妇，让他们在归元宇宙里享受和孩子的天伦之乐，而洋子的隐私也会因此整天暴露在邵氏夫妇的眼皮子底下，为此她获得了更多的酬金。

洋子觉得自己就是个实验品，孩子也是。

许医师接过孩子，催促护士们推婴儿车来，可孩子似乎察觉到了什么，一离开洋子的怀抱就放声大哭了起来。

洋子慌了，她请求邵夫人再让自己给孩子喂一次奶。邵夫人却说不必了，我们得尽早切断你和他的联系，这对孩子好，对你也好。

洋子被助理送出门时，总觉得落下了什么珍贵的东西。她回头寻找时，玻璃房里的护士们已经给孩子调好了最昂贵的配方奶粉。

她开始担心起来，不知道护士有没有亲自试好温度，孩子还有些乳糖不耐受，容易闹肚子，她托助理一定要告诉护士。

从邵氏集团出来，她顿时没了去处，浑身轻飘飘的，像真的少了十几斤肉。她在大街上漫无目的地走着，阴差阳错就走进了那家"网格造型"。

她对熟悉的发型师说，要最贵的发型，要遮住脸上的疤，要最勾魂的那种。发型师笑问她是要去见情人吗，洋子没有说话，闭上眼睛享受起他的按摩。

现在她只想好好犒劳自己一下。

孩子最喜欢的凯蒂猫还留在家里，洋子从回忆里抽身，已经没那么睹物思人了。

她已拆下绷带，得到了想要的脸。只用五个月的时间，她就蜕变成了苏珊娜。没人知道，过去这几个月里她承受了什么，他们只看得到她那张光鲜亮丽的面孔。尽管瘢痕肤底的挛缩带还是残留了一些隐约的条索状色素沉着，但配合适当的发型和遮瑕用品，恐怕就连丈夫也难以觉察。她所忍受的那些常人无法忍受的痛苦，终于有了回报。

她素面朝天，意气风发地走在大芬的街头，吸引了无数目光，但没人能认出她来。她推开瘿花清吧的木门，摘下墨镜对老板挑眉媚笑，戏问他这里缺不缺主唱？老板认出了她的声音，笑了，笑得像柜台上那只招财猫。

阿勇回大芬的时间越来越少，为了攒钱买新房，他搬进了真颜医美的颜艺工坊，拼起了老命。可艺术就是这样，你越勤奋，灵感似乎就离你越远。阿勇再也没有创造出高质量的面孔，但他搏的是薄利多销。他就这么几十块几十块地干着，仿佛回到了按件计酬的地下画工的生活。他快活地想着，只要够努力，总有一天能和洋子一起搬到大房子里，到时再为她办一场真正的婚礼。

不唱歌时，洋子也没事可干，阿勇又经常不在家，她便上网学起了画画。她画不好那些复杂的油画，就用平板上的绘图软件对着那只凯蒂猫反复练习。她笔下的凯蒂猫叼着烟，玩尤克里里，歪歪扭扭。但她敝帚自珍，竟自我欣赏品出了一种朋克的味道。

恰好这时，平板推送了一条通知，来自原先那个苏珊娜的账号，平台提醒主播很久没上线了。洋子笑了笑，顺手点了一下。

阿勇知道自己很久没有大作了，谷院长有理由生气，他这次叫自己来训话，也一定是为了催稿。但洋子怀上了，那是否也算自己的作品呢？想到这里，他竟忍不住喜形于色。

"你还有脸笑!"谷院长怒不可遏,把手机重重摔在办公桌上,吓得阿勇赶紧收起笑脸。谷院长指着手机问:"这个网红是怎么回事?"

阿勇不明所以,拿起手机查看,照片里的面孔分明就是苏珊娜啊,化成灰他也认得。

谷院长说:"这是最近网上一个很火的美妆主播,还帮人带货。你敢说这跟你没有关系?要不是邵夫人那边都把律师函发到公司了,我到现在还被你蒙在鼓里!你真是胆大包天!涉事人员我已经全部炒了鱿鱼,你就等着跟我一起上被告席吧!"

阿勇的脑袋嗡的一声炸响了,他有些站不稳。

那天,他不知道自己是怎么回到大芬的。

今晚的大芬没有歌声,榕厦里一对夫妻正在争吵。

"你答应过我的,不会把这张脸用于商业活动!"

阿勇的怒吼似乎要惊动整条大街,报以回应的只有洋子那惊惶的哭声。

"我没有想那么多,我只是想挣点钱,帮你分担一下。"

"谁要你分担了?乖乖待在家里安胎不好吗?你要什么我都给你挣。你知道这张脸是不能暴露在大众视线里的。"

"不让人看见,我吃这么多苦整它来干吗?"

"人家都说,女为悦己者容。你的脸给我看就行了,关别人什么事啊?"

"我又不是你养的宠物,凭什么只给你一个人看!"

"只有我给你花钱了,其他男人凭什么看!"

"你们男人果然都一个样,在乎的只是我们脸上的那一层皮。"

悲愤交加的洋子抱着那只凯蒂猫，蜷缩成了一件静物。阿勇也胡乱地坐到窗边，看着对街的画廊。那个地方囚禁了他最好的年华，他再也不想回到那里了。于是他气馁地说："你去求一下邵夫人吧，你毕竟是她孩子的孕母。"

洋子再也不想回到那个地方了，那间玻璃房子里有她难以面对的东西。

可她同样不想失去这张脸，他们真的会残忍地夺走它吗？就跟夺走"他"一样。

洋子在邵氏的豪宅外徘徊了许久，却不敢按下门铃。忠实的机器人管家迎门而来，她却像一个犯错的孩子拔腿就逃。她魂不守舍，像在躲着什么，任凭慌乱的脚步把自己带回了那家"网格造型"。还是那个发型师，但他已经认不出自己。

"你确定剪这么短？"他跟洋子反复确认。

洋子回过神来，已坐在了理发镜前。镜中的自己美得那么真实，却像一件被人收藏的艺术品不见天日。她悲愤地抬起头来，做了一个决定，"对，把整张脸露出来。"

两个小时后，洋子对这个日漫风格的短发表示了满意，她加了发型师好友，问他叫什么名字，下次来还找他。后者说，Jonny。洋子说，我问的是本名。Jonny说，许安华。

苏珊娜侵权案，罚金高达十三亿，这里面包括了带货主播偷税的罚金，但涉事主播并未受到实质性的惩罚。

对于盗版使用苏珊娜肖像的违法事实，洋子坚称自己事先并不知情。她把自己塑造成了一个楚楚可怜的受害者，还要求真颜医美赔偿其损失。她那张美丽动人的双S脸，配合生动的演技，很快俘获了媒体和网民的信任。粉丝争相为她应援，要求严惩不良医美机构"一脸多卖"的恶劣行径。法庭因为社会舆论而作出权衡，宣判作为受害者的马桂香，可以继续在生活中保留苏珊娜的肖像使用权，但不得用于商业盈利，由此产生的相关版权费用也需要由真颜医美全额赔付。

妻子的这番演出令阿勇瞠目结舌。他百口莫辩，只能默然接受了判决，成了公众眼中一个骗财骗色的无耻混蛋。

谷院长提出帮阿勇垫付他的那份罚金，让他免于牢狱之灾。但阿勇拒绝了，他说这么多钱，他可还不上，宁愿多吃几年牢饭。谷院长怕他在里面受欺负，便张罗关系，为他安排了一个单间。阿勇感激涕零，承诺出来之后还要为谷院长画画。谷院长长叹一声说："你出来后怕没人敢用你了，而真颜医美经此一劫，也是元气大伤，口碑大跌，我自己也该考虑退休了。"阿勇埋着头，不停地说着对不起。

邵氏夫妇自始至终没有露面，整个庭审过程由许医师陪同着他们的阿凡达出庭。借这次公开审理，他们也为自己即将上市的"归元社区"赚足了眼球。

庭审期间，谷院长请许医师吃饭，想借此探探邵夫人的口风。许医师表示自己可不想失去这份工作。谷院长让他不要担心，真颜医美的大门将永远为他敞开。谷院长还表示，你的专业正是我们需要的，你到我们这里也能更好地发挥专长。许医师多少有些不客气地笑了，"谷院长，您是学科的泰斗，您还没有看出来吗？万物即将归元，你们医美行业已经是夕阳产业了。"

谷院长愣了，"你是想去归元宇宙里当医生吗？"

"归元里只需要心理医生，我对虚拟世界不感兴趣，我要做的比这个更有意义。"

谷院长很惊讶，"这就是你一个海归博士甘居人下当照护师的原因？"

许医师点点头，"当所有人都进入了归元，他们会把肉体和基本生理需求托付给谁呢？如果终有一天，人们都把自己泡在了罐头里，我就要做那个在现实世界里开罐头厂的人。"

谷院长木讷地离开了，那一刻他似乎开始接受失败的命运。几个月后，他当真选择了退休。他的退休也仿佛宣告着一个时代的结束。

这几个月里，有三个人来监狱里探望过阿勇。第一个是谷院长。

阿勇向他问起洋子的近况。谷院长说："那个女人，你还惦记着她？"阿勇说："好歹夫妻一场，现在她没了生计该怎么办？"

谷院长恨铁不成钢地说："你还是操心好你自己吧，她现在可混得风生水起！她向邵夫人租赁了苏珊娜的商业版权，继续当她的主播，通过这次庭审的曝光，现在可是名声大噪。"

对于一对决裂的夫妻，没有什么比对方过得好更让人难受的了。阿勇摇头叹道："现在的人都怎么了？"

谷院长也叹道："都病了，病得不轻。"

第二个来看他的人就是洋子，只不过是光鲜亮丽、带着离婚协议书来的。玻璃那边的她打扮得像一个人气明星，身上的名牌包包不再是A货。她说："你现在坐牢，就算是不同意离婚，我也可以单方面解除婚姻关系。"阿勇骂她不要脸。她说她的脸早卖了，这张脸不是你给的吗？阿勇又骂她是个背信弃义的骗子，跟他结婚就是为了这张脸。

　　洋子轻蔑地笑了，"不然呢？你一个四十多岁的老农民，我年纪轻轻凭什么嫁给你？说到骗子，你不也一样吗？直系亲属打五折，哼，亏你编得出来！"

　　阿勇一下子愣住了，"你都知道？那你还跟我结婚？"

　　"因为我知道，我想要的每一样东西，背后都明码实价，苏珊娜要涅槃成为玛丽，就必须拿出点什么来交换！"

　　阿勇理屈词穷，气势便消沉下来，只说着我好歹是真心爱你云云。对此，洋子更是不屑一顾，她说你的爱不过是占有欲罢了。

　　阿勇的目光垂落在洋子平坦的小腹，他惊问道："我们的孩子呢？"

　　洋子冷笑说："我俩的孩子，你觉得能好看吗？生下来也是造孽的一生吧？"

　　阿勇震惊地看着她，"它都快足月了！"

　　有那么一瞬间，洋子似乎有些触动。她摸了摸自己的肚子，就像孩子还在，她又按了按自己的脸，就像那块疤从未消失。

　　"你从来没有问过我脸上的疤是怎么来的，我问你不好奇吗，你却总是轻描淡写，说我想说时自然会说。"说到这里，洋子笑得有些怪诞，"你可真是体贴，我现在想说了，你想听吗？"

　　阿勇不作声，就这么沉默着。

　　洋子就继续说："以前我在某个酒吧里驻唱，人气特别高，很多人都给我打赏送花，大多是男人。还总有人想约我出去，我知道他们的目的，但我从不逾矩，就得罪了一些吃不着葡萄的人。我喜欢日式风格的曲子，为了配合曲风，我总是穿着和服演唱，还为自己取了这个日本名字。有段时间，不知怎么的，网络上针对反日情绪的煽动越来越厉害。那天晚上，我唱完上半场，到酒吧后巷透气。

几个年轻的熟客应该是喝醉了，瞥到了我，不由分说就要打我。我连忙求饶说我是中国人，他们更生气了，说中国人穿什么和服！我说这是表演服。他们不管，说我是卖国贼，就要脱我衣服。我不干，他们就把酒瓶砸在我头上，点着了打火机，逼我认错。我的血沾在那人的T恤上，那时的我多么希望T恤上的超级赛亚人能飞到现实来救我。打火机当时离我太近了，那人喝多了，根本拿不稳……从此以后，我就弹起了那把该死的尤克里里，再也当不了主唱，再也不做明星梦了。"

"别说了。"阿勇垂头说道。

洋子却咄咄逼人，"你以为我是真的喜欢苏珊娜吗？见你经常画她，我不过是为了迎合你而已。我根本就不喜欢这张脸，但是你们男人喜欢。你知道吗？到现在我还在吃止疼药，这张脸扯着我的灵魂，一笑起来就会疼。所以说你错了，女人不是你们的消费品，她们从不为悦己者容，她们只为悦己而容。"

洋子走时带着风，阿勇知道她不会回来了。

第三个来看阿勇的人，很意外，是黄老板。

他来跟阿勇约画，"你在牢里闲着也是闲着，不如挣点外快为出狱后做做打算，还是老价格，你看怎么样？"阿勇表示他现在不画仿真油画了，黄老板却意外坚称他要的就是原创。阿勇很奇怪，怎么黄老板也倒卖起原创肖像了？黄老板说，他现在接了单大生意，在给许老板打工。阿勇问哪个许老板？黄老板说，就是网格造型的那个Jonny啊！"那个'杀马特'？"黄老板打断他说："诶，可不能这么乱叫了，那小子现在可不得了啊，不知怎么竟拿到了邵氏的投资，成了一个什么虚拟形象供应商，专门为那个什么归元宇宙提供创意形象和广告设计。"

阿勇问:"那我需要画什么呢?"黄老板说:"随便你啊,从人物到物品,从风景到建筑,他们的需求量可大得很。"黄老板又拿出几张样稿说:"这种日系画风在网上最受欢迎,你看看你能画吗?"阿勇定睛一看,是几张动物的拟人化卡通造型,他知道这叫Furry,简单得很。可他摇摇头说他再也不想画肖像了,就接风景和建筑的单吧。黄老板笑嘻嘻地说:"也行也行,预祝你在里面灵感泉涌,新年快乐。"

是的,新年就要到了,新年新气象,可惜阿勇看不到今年的雪花了;他那个"搬进新房"的手机提醒会准时地响起,可惜他也听不到。

阿勇没能和洋子一起搬进新房,他搬进的是一个巴掌大的牢房。他重新拿起画笔,就像回到了当年那个逼仄的地下画室,倒也没差。他已经坐过十几年牢了,不在乎多坐两年。只是托了谷院长的好心,他现在变成孤零零的一个人了。

好在还有画笔可以陪他,打发这苦闷的时光。牢房的四壁成了他的画板,他在这里画房子,画树木,画雪花,创造一个只属于他自己的城市。他的作品将会被放到虚拟世界里,归元宇宙里的建筑师们或将按照他的设计来规划虚拟城市,而身陷牢狱的他却没有机会看到这一幕。

好在他还可以署名。

第二张面孔　玛丽

归元

　　早起的鸟儿有虫吃，Jonny对此深信不疑。除此之外，"有志者事竟成。""天生我材必有用。""每一天都可能是命运的转折点。"诸如此类的励志鸡汤，都是他的座右铭。

　　便利店的早点不算可口，但早间播报里各大开发商进军归元宇宙的新闻让他胃口大开。

　　迁延的疫情促使归元宇宙提前到来，他取下口罩，正了正衣冠，握紧手里那份MeshHub的企划书，信步走进了弥漫着艺术气息的大芬街道。

　　黄老板的画廊门前蹲着一个精瘦的中年画工，穿着一身老气的跨栏背心，正目不斜视地描摹着对面那个丑女人。画中女人的发型太过保守，挡住了小半边脸，对于这种过时的肖像艺术，Jonny嗤之以鼻。归元到来之后，发型可比脸型更重要，发艺也必然比颜艺更吃香。要知道在一个二次元形象上，发冠的比重往往远大于面孔。

　　黄老板打着哈欠出来时，Jonny的脸上早就备好了笑容。前者一看又是他，连忙做出锁门的架势，后者慌忙出脚，生生顶住了压力。Jonny谄媚地问黄老板："您想好了吗？"黄老板骂道："想个屁啊，拿个概念产品就来找我合作，我出钱出力出渠道，你出什么啊？"Jonny说："出创意。"黄老板一听就火大，他从桌上抄起之前那几份企划书，一并扔他脸上：

"创意值几个钱啊？还不都是炒作！食屎去啦你个'杀马特'，你都够胆嚟倾合作，剪好自己嘅头发先啦你！"

Jonny骂骂咧咧拾起地上的企划书，见那画工仍是不停笔耕、目不斜视。转身又撞见一位来客，他注意到对方脸上那副价值几万块的智能眼镜，羡慕不已。

便利店的电视里仍旧播放着归元宇宙的概念广告，Jonny心想，也许只有那邵氏夫妇才能理解自己的壮志。

时隔大半年，那个脸上有疤的丑女人终于又来了，她每次来都会指名道姓点他做头，Jonny也会每次都把她夸成大美女。

看来是发了点小财，这次要做的是最贵的发型，还要最勾人的那种。做头时，她的碎发纷纷扬扬，面孔却有如心死般冷漠。Jonny打趣地问她这是要去相亲吗？后者却不想理他。Jonny在心里嘲讽她长这么丑还这么拽，以为自己是邵夫人啊！

这半年里，Jonny叩烂了邵氏集团的门禁，人家管事的不是外出了，就是在开会，名片递光了几盒，也不见个回信。丑女人的钱包里也有一张名片，付账时掉了出来。她下意识看了一眼，却没再捡，估计是没用了。她走后，Jonny倒是好奇地拾起，名片上赫然印着：

邵氏集团护理部

许安格 MD. PhD.[1]

高级私人照护师

---

1. 临床医学理学博士。

Jonny 想起了一些往事，自言自语道：

"堂哥?"

许安华正在罚跪，他的期末成绩又是全班倒数。

妈妈骂他不争气，说就不能跟你堂哥好好学学吗?

堂哥考上了重点中学，他妈妈请全家人吃饭，席间还滔滔不绝，把自家儿子夸上了天。

"为什么我事事都得跟他比?"幼小无助的许安华觉得很委屈，妈妈丢了面子为什么要拿自己撒气?

"问题是你事事都比不过人家啊!"妈妈手里的篾条愤怒地颤抖着，"等你长大你就明白了，没有学历就没有地位，没有地位就没有财富，这些都是人的脸面!你长大后想当一个没头没脸的人吗?妈这张老脸可以不要，但你再这样下去，以后就只有去给人剪头发的命!"

事实上并不需要等到长大，许安华很快就明白了什么叫丢脸——他被打得鸡飞狗跳的这一幕，直接被堂哥撞见了。后者拿着一缸子小金鱼来找他玩，那是爷爷给他的奖励，自己没有。

有什么可得意的!许安华心想。

"门口那个 Salesman[1] 是怎么回事?他是怎么进来的?"球幕上的邵夫人责问他的助理。这阿凡达尴尬地解释说："是许医师带来的，说是他的堂弟。"

———————————

1. 推销员。

邵夫人跟许医师确认这件事，后者正在给孩子的奶粉调制添加剂，他无奈地说："嗨，谁家还没个不省心的穷亲戚呢？只是没想到这么快就找上门来了。"

"这种事我就没必要亲自出面了。既然是许医师的关系，就给他几百万投资玩玩看吧。"邵夫人说完就从屏幕上消失了。

送堂弟出门时，许安格拍了拍他的肩说："安华，有困难找堂哥。"堂弟却说："还是叫我Jonny吧。"许医生不厚道地笑了，"好的，Funny。"

Jonny的脸上青一阵白一阵，他努力维持着严肃，就像在维系某种自尊，"哥，你知道吗？我从小就生活在你的影子里，你是家里人的骄傲，在他们眼中我哪点都不如你，就连打架也是。但我会超过你，让他们刮目相看的。"

"刚拿了点投资就这么膨胀了？"

"归元的时代来了，我的时代来了！"

Jonny的眼神莫名的坚毅，许安格看了却忍俊不禁，"好吧，期待着你光宗耀祖的那一天，我就在现实世界等你。"

今天的网格造型来了一位大美女，Jonny认出是那个最近很火的美妆博主，但她看上去很高冷，不像直播间里那样又唱又跳。他觉得这才是美女该有的样子。

Jonny再也不用给人做头了，他注册了一家公司准备自己当老板，今天他是来收拾细软的，但这张脸却让他有些技痒。

她要把整张脸露出来，说实在的，这张脸配什么发型都好看，但Jonny认为只有自己设计的发型才配得上她。两个小时后，她对他的设计表示了肯定，他不失时机地加了她好友。她的头像是一只朋克造型的凯蒂猫，这个形象让他眼前一亮。

邵氏的投资该怎么利用，Jonny其实并没有仔细的主张，无非是打着"邵氏风投"的招牌四处融资炒币、投机倒把。不过现在，他倒是有了一个好主意。

苏珊娜永远不会衰老，但这张脸会。作为洋子吃饭的工具，她把它维护得很好。在年龄的虎视眈眈下，它倒是为她赚了不少的吆喝，可不曾想到，真人主播的时代冷不丁就落幕了。

今天直播间里就寥寥几个观众，卖不出多少货。现在人们追捧的是归元里的Furry明星和二次元主播，毕竟虚拟形象更容易实现多元化和个性化。洋子连妆都懒得画，索性交给数字替身应付着，自己则溜去市中心逛街购物，排遣压力。

货币越虚拟，就越不当钱花，前些年挣得多，更是花销无度，再这样下去，洋子快负担不起苏珊娜的商用租金了。千辛万苦攒了张明星脸，却打不过那些弱智的二次元形象，她不免自怨自怜起来。

真颜医美门可罗雀，已经缩水为一个美容院的规模。不光是真颜，好多老铺都关了张，争先恐后地杀进归元那片新战场里抢占高地，就连Jonny都不在那家美发店了。影院、商场、饭店、银行……总之，除了学校，好像都没人在活动。整条大街都是黑灯瞎火的，末世废土般看不到几个人，唯有剥落的墙体广告在低空飞卷着，证明着往日的热闹。

"空气质量倒是好多了。"洋子无奈地嘲笑着。

名牌包里的旧手机再次响起，那是一条提醒，内容是"和洋子一起搬进新房"。她鼻子有些酸，不免想起了手机的主人，那个人也快出狱了吧……

　　些许的感伤刚刚冒头就被助理的电话打断了，助理告诉她，那个叫Jonny的铁粉又刷了很多礼物，说想跟她吃顿饭。

　　玫瑰花束太大，以至于桌面都放不下，Jonny只能滑稽地捧着。他对洋子说："好不容易约你出来吃顿饭，你就点一盘肠粉，是怕我没钱吗？"

　　洋子知道，这位许总的生意做得挺大，他开了一家叫MeshHub的网络形象公司，曾经对他爱答不理的画商们都纷纷加盟到他麾下，那些被谷院长开除的颜艺师，他也都来者不拒，甚至包括那些根本用不上的术中导航技师。现在的他，身价不菲，对自己的攻势却有增无减。

　　但洋子并不领情，"有什么话，咱们开门见山吧，节约大家的时间。"

　　Jonny说："得了吧，别骗自己了，你可没有那么忙。你直播间里的一半收入都是靠我刷出来的，跟了我，你就不用这么辛苦了。"

　　洋子站起身来就要离开，她说自己还没有沦落到要靠男人的地步。Jonny便一把拽住她说：

　　"我想买你的朋克凯蒂猫。"

　　"什么？"

　　"从认识你的那一天起，我就看好这个设计，它完美符合了时下归元里最受欢迎的皮肤风格——Furry。我要用它把你包装起来，让你成为归元里最炙手可热的主播。"

　　洋子迟疑了脚步，"我为什么要到虚拟世界里去，用一个虚拟形象覆盖我辛辛苦苦整的容？"

"我知道这很可惜，我也很喜欢你这张脸，但很遗憾，整形脸的时代已经过去了，归元的用户定制让极端个性化成为可能，Furry才是归元的未来。"

"既然你需要的只是虚拟形象，拿去就好。我一真人乱入其中，可不得画蛇添足？"

"人就是这么矛盾，他们喜欢用虚假的东西欺骗自己，但又不喜欢真正的虚假。"

"所以我会以一只凯蒂猫的形象出现在归元里？"

"放心，不喜欢随时可以撤换，最重要的是，一点也不疼。"

"那我需要做什么？"

"你只需要一展歌喉，其他什么都不用管，甚至不需要深度沉浸。我有一整个团队负责你的包装和广告业务，而你再也不用操心苏珊娜的商业维护费了。"

这话明显触动了洋子的某根神经，她想起了什么，嘴里念念有词："玛丽……"

"什么？"Jonny没听清。

洋子抬起头来，眼里有些东西盈盈闪动，她说："玛丽——我刚刚给它起的归元名字。"

Jonny笑了，再次递出那束玫瑰，"欢迎加入归元主播的行列。"那花瓣里，一张MeshHub的名片金光闪闪。

洋子接过了橄榄枝，有言在先："我可是结过婚、生过小孩儿的人。"

Jonny满不在乎地笑着，"归元宇宙里，谁关心这个？他们只在意你的虚拟形象。"

洋子也笑了，和上次收到玫瑰不一样，这一笑，她笑了很多年。

"这个猫娘玛丽是个什么鬼，为什么会出现在我们邵氏社区的主咖广告位里？广告是社区的门面，这也太不伦不类了吧！"

归元世界的一个加密网格里，一对夫妻正在吵架。丈夫气急败坏，调出了一个虚拟凯蒂猫的形象，徒劳地摔着那个根本摔不坏的拓扑结构。妻子则分布在他四周，冷脸看着他的幼稚举动，用的正是苏珊娜的形象，选来选去还是这张脸最顺眼。

"你就搞好你的基础设施建设，规划好你的 AI 城市就行，资本开发一向都是我在负责。而且这些年，那个叫"猫娘玛丽"的 Furry 偶像已经红透了大半个归元饭圈，获得了相当多的关注，有什么大惊小怪的？难道要我像你一样，有钱都不赚吗？"

"可你在往我的社区里投放这些辣眼玩意儿之前，总得事先跟我知会一声吧？"

"你把邵氏社区开放给用户之前，又提前知会过我吗？你知道我们会因此损失多少广告收入吗？"

妻子的话让丈夫的声音矮了几分，"虚拟世界本就应该是用户共享的，加入用户端的创造性，才能更好地建设归元社区，更快地实现我们的梦想。"

妻子嗤之以鼻，"那只是你的梦想，而我却一直在为你的梦想买单。邵氏社区我们投进去多少钱了你算算，现在看到回报了吗？其他的归元开发商早就开始盈利了，投资方的压力也一直是我和我爸在承担，你管过吗？你只知道成天规划你那不切实际的蓝图，幻想一个乌托邦。"

"内容创新才是归元宇宙的灵魂，部署算法服务才是我们的未来。你们为了虚拟房地产的销售，故意制造紧张的供求关系，我们本来可以创造更大的宇宙，现在却处处受限，完全施展不开拳脚。"

妻子看着四周那些单调冷清的网格，苦笑道："得了吧，你看你的基建团队都把咱们邵氏社区规划成什么样子了，整个一了无生趣的异形魔方。我们的社区居然是由一个个正十二面体组成的规则几何体，你敢信？这个粽子一样的东西就是你那些直男设计师兼宅系建造师的天才创意？"

"我说过很多次了，这叫以太，它类比了我们正一百二十胞体的社区。为了方便普通用户们直观地理解，我已经把它们在三维地图里展开为施莱格尔投影或球极投影了。归元是人类迈向多维生活的入口，这个设计正是为了方便社区后续向四维空间无限展开，不仅可用于商业活动，还可助力教育和科研。作为虚拟房地产商，我们要有远见。要知道，正多面体只有五个，我们的设计必须抢占先机。"

"别说那些我听不懂的，总之它不好看！股东们不满意，用户也不买账！"

"所以我开放了每个胞体的自定义权限啊！"

妻子真是被气得现实世界里的脑仁都在疼，她苦口婆心地劝道："亲爱的，欲速则不达。摊子铺得太开，出了事，你叫我怎么收场？"

"我们是归元的先驱，应当富有一定的冒险精神，这是我们的社会责任！"

"得了吧，大学时代的你不过是一个沉迷 VR 游戏的网瘾青年，不是遇到我和我爸，你什么都不是！现在你知道谈理想、谈责任了？"

丈夫有些底气不足，便烦躁地说："不说了，下周孩子家长会，你起床还是我起床？"

"我还得去给你收拾烂摊子，派阿凡达去吧。对了，有股东反映说，你们基建部一直有在使用囚犯的设计稿，有这回事吗？"

"为了节省开支，很多细枝末节的设计都是层层外包的，怎么了？"

"会影响公司形象的，那些野路子都开了吧！"

说完，她切换了自己的坐标，心想，咱们公司的坐标比别人多了一位数，真是麻烦。

大芬已经十室九空，艺蜂画廊里也是空空荡荡的，只剩阿勇在给黄老板送行，后者打包了行李也准备"告老还乡"了。

刚刚出狱的阿勇面临着严峻的生计问题。这几年他在狱中为黄老板赚了一些钱，本指望出狱后能继续跟他混口饭吃，黄老板却说，邵氏让MeshHub终止了所有外包合同，他也没有办法。为了表达歉意，黄老板把这家名存实亡的画廊留给了阿勇，好帮他糊个口。

阿勇感激涕零，"我是来到大芬才开始学画画的，跟着你一干就是十几年。师父带着我从三庭五眼、宁方勿圆开始学起。做单眼透视时我就想啊，为什么人要长两只眼睛那么浪费呢？师父说这是为了视野的立体化。可是我有散光，我的单眼视野也很立体。师父反倒说那就是我的天赋，让我就画立体派什么的吧。我说不，我们的画布本来就是平面的，画画的过程就是把我们看到的三维世界用二维的形式表达。可画得再逼真，它也是平面的，画中的立体不过是光影的错觉，归根结底是假的。要画出真实的立体，就得到更高维的空间里去作画。我要画真正的超写实，这就是我答应你去给归元设计场景的原因。"

黄老板安慰他说："你的很多风景作品已经盖上了时间戳，成了归元的一部分，多少证明了自己。你就安心在三维世界里画画吧，吃饱了饭再谈艺术追求。"

一台老旧的人形机器人不方便带走，就留下来给阿勇打打杂。黄老板夸这台机器人旧是旧了点，能干着呢。他还建议说为它画一张脸吧，让它看起来更像一个人，也好给你做个伴。

阿勇抚摸着它光滑的金属表面，他知道这样的设计是为了呈现各种足以乱真的皮肤，但他却有些迷糊了，"画上脸它就是人了吗？"

黄老板应道，"人格这个词本身就是面具的意思，正是这张脸区别了谁是谁。"

阿勇已经搞不懂该怎么定义"人"了，但他觉得至少不是靠脸。他谢过黄老板的好意说：

"画了太久的城市，我已经忘了怎么画脸了。"

在外界看来，邵氏的资金链应该是有些紧张了，不然也不会开了那么多人，甚至包括邵氏夫妇的阿凡达助理——他的工作已经被物联网设备取代。

这位前辈还在办理交接，家用机器人metainbot-101100010已经代替他去开家长会了。前助理向AI管家抗议："这后生仔可真没礼貌！"

许医师调试着维生舱，抽空安慰前助理说："想开点，至少你不用再被那个'熊孩子'欺负了。"说话间，他并没有停下手里的活儿。现在的他要远程督导整个社区的本体照护工作，而床上那对夫妇也终于把自己泡进了罐头里，他实在抽不开身给老同事送行了。

虚拟研究不仅高效便利，还绕开了很多伦理障碍，这促进了科技爆炸。有钱人不再需要VR头显，也不再需要鲨鱼套装了，那些罐头一样的全感官沉浸舱，其实就是一台台TMS[1]电磁发生器，区区几焦耳的中枢刺激就足以让他们活得开心。许医生不敢想象，会不会真的有这么一天，人们连自己的身体也不需要了？那时自己的工作也将失去意义吧？想到这里，他不免有些发怵，还有些失落。

那位前助理走了，在归元面前，他是那么的渺小。许医师想叫住他，却突然意识到，自己连他的名字都不知道。

"想听听我的故事吗？走，去喝一杯？"许医师知道，这是前助理的最后一次邀请，可看着手里那一堆化验报告，他只能无奈地摇了摇头。

前助理叹了一口气，"算了，你们的人生是一部篇幅有限的小说，装不下我的故事了。"

许医师的人生里只装得下工作，他愈发觉得这玻璃房子就是一个牢笼，囚禁了那么多用户，也囚禁了自己的人生。牢笼的一角是一个会客厅，忙里偷闲时，他喜欢把青筋暴出的双脚放在那张圆桌上歇歇。让他觉得讽刺的是，如果自己也有在归元里"躺平"的福气，就不会有这静脉曲张的困扰了。

此时的会客厅已是高朋满座，老同学齐聚一堂，聊得火热。虽是一桌子觥筹交错，却各自喝着自己的酒，吃着面前的菜。毕业快十年了，在座的都成了各个学科的中流砥柱，都有相互用得着的地方。

---

1. 经颅磁刺激，一种利用脉冲磁场作用于大脑中枢神经系统的绿色刺激技术。

许医师落座其间，问他们聊什么聊得这么起劲。见这位"大护理专家"姗姗来迟，同学们纷纷起哄说他耍大牌，要罚酒。许医师笑问自己这是哪儿得罪大家了，同学们则说他东家的归元社区抢了大家的饭碗，要让他赔。

许医师可不认为归元能对医疗这类技术行业产生多大影响，他拿自己举例，说罐头人也一样会生病，也一样需要人照护啊。可同学们却说，现在的罐头人看病也都是在归元里预约，"AI+区块链"抢走了我们大部分的病人，看样子我们也得尽早转型了。

在归元里看病，即时预约、即时分诊、多对多预约，可以最大限度优化医疗资源配置，医方不闲置，患方不排队，甚至提供送药上门服务；健康档案通用可靠，读写方便；诊疗活动可追溯，有效避免了医疗纠纷。泌尿科的一位老同学说，最关键的是，还完全隐私，就连医生也只能获取必要的有限信息。

内科医生站在老许这边，说虚拟行医这事儿吧，我们内科还算方便，就是查体差点意思，但你们外科医生怎么在归元里做手术啊？

阿凡达啊！骨科的杨大夫抢着说，几十个医生代入一台阿凡达，给同一个患者做手术，那流水线……我要是像老许那么有钱，我就投资搞个共享医疗舱，病人自己预约专家做云手术。

许医师连连摆手，不知不觉心里已经种下一颗跳动的种子。他假作谦虚，说还是人家海子混得好，现在是归元管委会官方特聘的虚拟心理干预专家了，归元宇宙的很多行政决策都要经过他的评估，我们现在使用的全感官沉浸系统就有他的功劳。

那个被他们称为海子的心理医生却一脸愁容说，别提了，在里面干了几年，现在我才是最需要接受治疗的那一个。

同学们一听乐了，纷纷表示Wi-Fi满格，电量一百，让他展开说说。

海子说，这是一个过度娱乐、信息过载的时代，归元社区里虚拟毒品和滥交随处可见。每个人都很快乐，但都说自己不幸福。可就算如此，他们也乐在其中。我感觉自己帮不了他们，建议他们回到现实中，或至少保持部分和现实的接触。可他们已经离不开归元，就算愿意，他们的身体也适应不了现实世界了。出来一趟对他们而言，不仅仅是费用的问题，更关键的是烦琐的苏醒程序，他们不仅要进行肌力的复健，还要适应现实的时间流速。在归元里，他们要干什么只需要动一个念头，要去哪里只需切换一下坐标，一天能完成好几天的工作，"虚度"几年就像过完了一生。他们早已适应不了现实的物理规则，回到现实只会抑郁。我代表虚拟心理过程研究学组向归元管委会提交过报告，建议严格禁止未成年人注册进入归元宇宙。可上头说了，那些"事实孤儿"也需要探亲，只能限制时长。

气氛肃静起来，玩笑偃旗息鼓，只有妇产科的饶大夫还在拍手叫好。只见她支棱起胖胖的身体，称赞起海子的工作，还说归元时代的到来先于人造子宫技术的成熟，这造成了出生率的严重下降。她建议人们在现实世界完成生育之后，才能获得归元宇宙的准入资格。

医事法律的同学表示，限制成年人进入归元的提议是反人权的，没什么立法的可能性，另外尤为讽刺的是，虚拟政府的立法听证过程，也早就离不开归元了。

海子也同意他的看法，他说比起归元那可怕的成瘾性，他更担心的是另一件事……

"眼镜该给我玩儿了！"

老同学们的影像随着一声啸叫消失在会客厅，许医师揉了揉眼睛，不免有些恼火。他的VR眼镜被一个熊孩子摘走了，圆桌上只剩下自己的空酒杯。

"我是你叔，别这么没大没小的！"

"他们都怕你，我可不怕你，我是你少主子！"熊孩子跳得老高。

"少主子？又是从哪个虚拟主播那儿学来的流行语啊？"许医师被逗乐了，他招呼那熊孩子，"来来来，我的天赐少爷，你倒是说说看，自打你来到这世上，见过你爸妈几面？还少主子，没我你饭都吃不上一口热乎的！"

"我每天都在虚拟世界里见他们，他们还辅导我作业呢！"熊孩子涨红了脸，像拼命维护着什么。

"那你觉得，他们要是醒来，认得你这张脸吗？"许医师有些恶毒地笑着。

"你……我要告诉我妈，让她开除你，就像开除那个阿凡达助理一样！"

一听这话，许医师的火气当真就上来了，他上手夺过那副VR眼镜，直接一脚踩了个稀烂，"去啊，告诉你妈去，看你爸妈更在乎我，还是更在乎你？"

熊孩子被吓得一愣一愣，似乎从许医师的危言耸听里，琢磨出了什么真实的味道。他下巴一抽一抽，竟大哭了起来。

许医师也觉得自己过分了，毕竟是个孩子。他摸了摸天赐的头说："别哭了，走，许叔带你去吃好吃的，我知道一家比归元里还好吃的冰激凌店，不知道倒闭了没有。"

天赐点点头，跟他走了，乖顺得很。他细声说着：

"我要凯蒂猫形状的。"

"谢谢少主们的打赏，今晚消费超过2GT标准流量的VIP，猫娘玛丽将为他开放IP地址，邀请他到直播间共舞一曲哦喵。"

洋子换上猫娘的形象，人格也随之幼稚起来。时间悄悄溜走，这么大年纪了还要在全息镜头前装嫩卖萌，她自己都觉得恶心。

丈夫一身疲惫，他的ID出现在这个直播胞体的盲区。猫娘分流出数据对他冷嘲热讽："哟，咱们许总日理万机啊，可得当心身体哦。对了，我忘了，你在这里没有身体。"

丈夫是草率的默认形象，他说："在归元里，还是叫我Jonny比较好。"

"别以为我不知道，最近又收了几个小情人啊？"

"嗨，虚拟世界的逢场作戏，夫人不会那么小气吧？今天的收入怎么样？"

"有个'元夜狼人'打赏了1.2GT标准流量，当然这点流量许总是看不起的……那个'磨镜磨镜告诉我'消费了将近5GT，好像是个女的……还有那个'不知从哪里冒出来但帅气多金的富家公子'……啊！"

猫娘的这声尖叫让Jonny打起了精神，"多少？"

话音刚落，音乐骤起，那位多金公子的犬夜叉形象出现在直播胞体。明显是轻车熟路，他拉起猫娘就像马达一样扭动起腰身。

猫娘觉得这位铁粉应该不是简单的有钱，而是真的富有，今天是高达，明天是火影，改天又换成七龙珠里的孙悟空，自从几年前，他大驾光临来到自己的直播间，他的NFT形象就换得跟衣服一样频繁。

一曲舞罢，多金公子温柔地对她表白："我打赏的可是真金白银的流量，就不能在这虚拟世界里陪我出去兜兜风吗？"

猫娘有些犹豫，目光里征求着丈夫的意见，后者却忙不迭冲她点头。这叫什么事？别人约你老婆出去约会，你却巴不得拱手相送！在归元里，真的一切都是假的吗？

她赌气同意了多金公子的邀请。在这里，她也许真的不用在意许多。

日月同辉，落雪漫天，猫娘一身和服，走在松软而温暖的雪地上，不远处是一尊凯蒂猫造型的雪人，犹如被砌在一个朦胧而缤纷的童梦里。多金公子牵过她，提醒她注意背景音乐，猫娘侧耳一听，那竟是自己的歌声！她惊讶地问道：

"这是什么地方？为什么和我梦里的场景一模一样？"

"这叫叠梦，是私域的归元，它可以自动根据咱们在归元里留下的行为数据，为我们量身定制如梦境般的体验。"

"还有这么神奇的服务，我怎么没听说过呢？"

"这个多维项目还在开发中，它云集了归元最优秀的造梦师，不久的将来，人们就可以在此体验别样的人生了。"

"你竟有权限进入还未开放的计算单元，你究竟什么来头？"

"你不妨猜猜。"

"你就是那些造梦师的其中一员？"

"算是吧，只愿为你一人造梦。"

多金公子温柔地捧起一把雪花让她尝尝，可猫娘的终端并没有味觉功能，多金公子说可惜了，这是冰激凌的味道，改天送你一套全感官沉浸舱。

这细心的设计让她感动，这阔气的许愿让她沦陷。没有人愿意承认自己拜金，但也没有人可以无视财富赋予一个人的魅力。猫娘想起了那些为斗米而气短的往事，不由哀怨起来："你为什么没有早点出现？"

"你说什么？"

子弹在耳边呼啸，摩托在战场风驰，多金公子大声问着。

后座上的猫娘也换上了一身吉利的戎装，她调高了音量说："你为什么喜欢我呢？你都不知道我是谁。"

硝烟四起，弹片横飞，女人总是很会挑时间。多金公子却缓下车速，毫无怨言地回答道："你是谁不重要，我就是喜欢你的亲切，特别是你的歌声，很自然，不像那些虚拟主播的假声，都是些傅立叶变换炮制的噪音。"

猫娘得意地依偎在多金公子的背上，"真稀罕，我的粉丝喜欢的都是我的虚拟形象，你不喜欢吗？我现实中的脸也很漂亮哦，要不要我换给你看看？"

"不用了，我就喜欢你这样，和我那套悟空造型很搭。"

猫娘更得意了，"那是我亲手设计的Furry，我丈夫只改动了毛发的部分。"

听到丈夫二字，多金公子有些不高兴了。他一脚地板油冲上悬崖，又拉开了腰间的手雷，嘴里大呼小叫着："现实世界里的婚姻在这里可不算数！"

猫娘忭心地和他一起被炸飞。

猫娘说错了话，只好拿出直播间里珍藏多年的数字烟酒安慰多金公子。虚拟世界里的烟酒还是那个味儿，却对身体没有危害。全感官沉浸舱刚刚到货，她也可以和多金公子一样，不折不扣地享受虚拟世界的一切了。经历过一番虚拟世界中的纸醉金迷后，猫娘"清醒"过来时，那只泼猴正在她身上腾云驾雾、大闹天宫。她有些失望，但更多的是无聊，心想管他的，反正是虚拟的，便断开了感觉反馈，沉沉地"醒去"。

回到现实世界之前，她偷摸扫描了一眼对方的ID，不出所料，其真实身份和自己一样，设置为"不公开"。

她自嘲地笑了，是啊，归元里谁又会对谁敞开真心。

"给钱吧，你强迫了我。"

再次见面时，猫娘开门见山。多金公子却笑了，"你别想讹我，虚拟世界里没有强迫。"

猫娘打趣说："我不管，我的虚拟形象是有版权的，使用了就得收费。"

那无耻之徒却变出一大束虚拟玫瑰说道："那我只好娶你了，这样就能把你的虚拟形象给垄断了。"

猫娘心想这家伙油腔滑调又来拿老娘寻开心了，便揶揄道："看来二次元老婆你可没少娶啊，几房姨太太了，从实招来?"

归元里所谓的婚姻更像是一场儿戏，聚散无由，没什么人当真。这位多金公子却言辞恳切："和那些人不一样，我说的是登记结婚。"

他严肃的emoji表情让猫娘一愣，她旋即提醒自己别这么幼稚，这里可是虚拟世界。她打消了那分若有若无的感动，转而取笑起对方："毛头小子还想娶媳妇儿？别以为我不知道，你才刚刚成年。"

"你怎么知道的？"

"之前的几年，你每天上线时间都只有一个小时，而且都集中在下课时间。"

"那又怎么样？"

"我的真实年龄已经四十了，小伙子，阿姨不想骗你。"猫娘无奈地自嘲道。

多金公子却信誓旦旦地说："在归元里，这可不算问题。就算回到现实，我也敢娶你！"

一番半推半就，那束玫瑰总算强塞到她怀里，而现实世界里的她也终于荒诞地红了眼眶。因为他说了一句话，那句话没人对她说过，阿勇没有，Jonny 也没有，但是他说了。

他说的是："我爱你。"

"这些年来，我帮你赚不少了，你还不肯放过我？"

猫娘半老，她对 Jonny 说道。后者懒洋洋地陷在虚拟沙发里，无所顾忌地搂着一个 AI 美女，他扬言：

"离婚费少一个子儿，你和那个多金公子就结不了婚。"

这是归元的第十八个年头，虚拟世界迎来了它的成人礼，越来越多的人在归元里试婚，甚至重婚，很多现实的家庭关系也因为虚拟的出轨而被破坏。现实生活里那一套道德体系，似乎并不适用于这里。

为了调整虚实世界之间的身份联系，维护传统婚姻关系中的公序良俗，归元里诞生了第一部《虚拟婚姻法》。《虚拟婚姻法》赋予了人们选择片面的虚拟婚姻或现实婚姻的权利，但同时具有虚、实婚姻关系的用户，作为其配偶的法律主体必须是同一个自然人。

猫娘与Jonny存续着现实的婚姻关系，因此她和多金公子不能在虚拟世界中登记注册。猫娘心里清楚，当初两人结婚就是为了把双方的利益互相捆绑在一起。婚姻的本质不就是一场合作？可谁知道她能有幸遇到真爱？这段名存实亡的婚姻并没给猫娘带来过什么好处，相反还成了她投奔幸福的障碍，为此她愤愤不平：

"你自己没点儿数吗？我挣的钱大部分都进了你的口袋，我哪有那么多钱？"

虚拟香烟在Jonny手里明灭，他在烟雾缭绕中得意忘形，"找你的虚拟情人要啊，他一定给得起。记住，我不要数字货币，我只要硬通货，折合成算力给我。"

猫娘的胃里泛起一阵阵恶心，引发了心电监护的微弱波动，但并未引起照护人员的注意。

虚拟政府的民政登记入口处ID涌动，一张熟悉的面孔夹杂其中。那个胖胖的女医生不知为什么会在这里，用的还是她的真实形象。付出了不菲的代价，猫娘和多金公子终于迎来正果，现实世界的熟人她现在可顾不上招呼。

好在自己关闭了ID共享，她应该也认不出自己的虚拟形象，猫娘赶紧把未婚夫推进了登记处。

猫娘曾劝说多金公子放弃登记，可不能便宜了那个卑鄙小人，"咱们就和其他人的虚拟婚姻一样，结没结婚自己说了就算，谁也管不着。"可多金公子却信誓旦旦，说自己不想和别人分享自己的老婆，哪怕是名义上的，而且那点钱他根本就不在乎。他还扬言在归元里完婚之后，他还要在现实世界里给妻子一场和虚拟世界同样豪华的婚礼，这可把他的未婚妻哄得心花怒放。

虚拟婚姻和现实婚姻一样，需要依法登记真实身份。签字之前，猫娘跟未婚夫逗趣说，这下瞒不住了吧，婚姻的世界里可没有隐私，现在后悔还来得及。

未婚夫却声称自己并没有什么需要瞒着她的，只是想在结婚时给她一个惊喜。为了证明这一点，他富有仪式感地开放了自己的 ID，"我的真实身份就是邵氏集团的继承人。"

这句话石破天惊，让洋子的笑容僵硬起来，"你是邵氏夫妇的……他们有几个儿子？"

"就我一个啊！如假包换的邵天赐。"

在他微笑的面孔下，分布式认证的 ID 铁证如山。猫娘的心电监护开始剧烈波动，罐头外的照护人员顿时手忙脚乱起来。

她想起了从前的自己，想起了那份代孕合同，想起了以前在美国的那些日子……在月子中心里，她穿着鲨鱼感应服给他喂奶，拿毛绒凯蒂猫逗他开心，还唱歌哄他睡觉……她第一次带孩子，给他误食了冰激凌，害他拉肚子，自责了好几天……这一切的一切，都在天赐的潜意识里留下了记忆的痕迹，变成他口中的"亲切"。

猫娘如冰水灌顶，而眼前的未婚夫正深情款款地搂起自己瑟瑟发抖的拓扑表面，像潜意识里抱起儿时的玩具。他或许正得意地觉得，这可人儿是被我的身份吓坏了吧？

猫娘一个颤身取消了触觉互动，挣脱了他的怀抱。"别碰我！"她尖声叫道。

对于女人翻脸的速度，多金公子明显准备不足，他急忙找补说："对不起亲爱的，我不该瞒着你的，结婚后我的一切都是你的，你别生气好吗?"

可话音未落,他的美娇娘就已经下线了。

多金公子怅然若失,后悔起自己的欺瞒,可转念他又高兴起来,至少猫娘爱的是他的"人",而不是他的钱。可他的"人"是谁呢?是这个多金帅气的虚拟形象,还是那个没爹疼没娘爱的事实孤儿?不管是谁,他都富可敌国,并且愿意把自己的一切都献给她。

可他不知道,自己的一切都曾是她给的。

失 乐

配乐是雷打不动的《变脸》,表演是千篇一律的杂耍,扯下最后一层脸谱,告别台下零星的掌声,老陈把戏台子交给了下一位表演者,后者已摆好笔墨纸砚。

卖字才是今天的重头戏,老陈的变脸只是热场。

和很多演员一样,老陈把热情尽数挥洒在了舞台上,留给自己的只有冷清的后台,一把枯旧的龙椅,一盏寥落的清茶,无他。

再怎么用力,川剧也不可避免地没落了。观众是戏曲的养料,不知何时起,戏剧市场就开始整体下滑。原以为在深圳这样的一线城市会好一些,可到了这里才发现,越是发达的地方,人们越早进入虚拟社区。已经没人关心现实中的戏曲艺术了,那归元盘根错节,贪婪地吸走了几乎所有的观众。

团里的正剧无人问津,团员们不得不走穴于各大娱乐场所,靠着变脸的噱头勉强维持生计。川剧中的变脸本是服务于剧情的,它是反映人物内心活动和情绪变化的一种浪漫主义表现手法，可为了迎合市场，它彻底沦为茶馆酒肆里毫无内容的杂技项目。

每每回想起师父的谆谆教诲，老陈总是心中有愧。老爷子临终前曾叮嘱他们要把传统川剧发扬光大，若他在天有灵，一定会痛骂自己这帮不肖子孙滥用变脸技艺，不思传承、不思进取！

团领导发来消息，为了顺应时代的发展和市场的需要，团里计划创作一批紧扣时代脉搏，追赶时事热点的剧目，让大家多从归元最新的新闻话题里找找素材。

老陈苦笑了一下，时代变了，就这么从众如流吧。手里的VR眼镜就像另一张脸谱，他戴上了它，享受起虚拟世界的掌声。

自从投入了归元的怀抱，老陈就像打开了一个新世界，一发不可收拾。可随着他日渐沉迷，虚拟世界的快乐也已经越来越无法满足他了。

他告诉自己："或许，我应该去看看心理医生了。"

"比起归元那可怕的成瘾性，我更担心的是另一件事——失乐。"

虚拟同学会上，老许的突然掉线让他错过了海子的最后发言，也让这位高级心理咨询师有些遗憾。海子有一个创业计划，想邀请每一位老同学参与，特别是老许。

隔行如隔山，老同学们并不能完全理解海子在说什么。海子便向他们解释说："这是一种过度沉浸导致的心境障碍。不知从什么时候起，电影不好看了，笑话不好笑了，明星不漂亮了，工作也没有意义了。人们会对着两块以上的屏幕发呆，即便找不出任何乐趣，却也舍不得离开。是归元的出现透支了他们廉价的欲望，他们在过度的娱乐中迷失了自我，消磨了现实的动机。"

他下了一个结论："进入虚拟的物理规则中享受便利，是对现实物理规则复杂性的一种回避，会让人类失去探索真理的动机。失乐的根源是享乐，失乐的本质是失去对现实的主动探索能力。"

同学们唏嘘不已："世界那么大，自然那么神秘，还有那么多未知的规律等待着我们的探索，我们怎么能失乐呢？"

"这件事说起来，我也是有一定责任的。"海子说，"如果不是我的研究，全感官沉浸舱也不会那么快出现。"

海子的话让同学们不解，他又解释道："TMS是改善情绪障碍的传统疗法，我在一次失误的操作中改变了磁刺激的部位、强度和频率等参数，然后竟意外发现，患者产生了虚假而强烈的感官和情绪体验。我的这些参数很快就被归元宇宙的开发商利用起来，TMS也成为研发电磁感应式全感官沉浸舱的技术基础。"

同学们知道，海子因为他的这项发现成了虚拟心理研究的领军人物，但看上去他并不怎么开心。他们只能安慰他，技术本身并没有对错，错的只是用途。

海子本想借机安利一下自己的计划，但虚拟心理救助中心的企业链上有了一条新的预约分配提醒，他只好抱歉地说："我有来访者了，下次再和大家细聊吧。"

海子是在现实世界里接待老陈的。

老陈不明白，不过是一次普通的TMS情绪治疗，现在的沉浸舱里都可以实现，何必大费周章采用这种面对面的传统咨询方式。

海子跟他解释起TMS的工作原理：经颅磁刺激是通过电磁感应在脑内形成特定频率和强度的感生电流，作用于特定脑区改变其电活动，进而产生相关神经生理效应的一种治疗方式，它在清醒的状态下就可以起作用。

老陈却说网民做过测试，TMS在沉浸舱的轻度麻醉状态下效果更好，甚至可以催生梦境般的体验。

海子又解释说："可你的问题正是过度沉迷导致的心境障碍，你应该走出来，找回现实的成就感。"

回到现实的老陈似乎仍处于一种游离状态，他虚与委蛇地坐在海子的诊室里，却不住地想在虚空里点击着什么。海子问他在干吗，他却反问海子脸上的是什么，海子不明所以，以为老陈沉浸太久所以出现了幻视。老陈又问他为什么老是眯缝着眼睛，嘴角微微上翘，像一张脸谱。海子这才明白，他指的是自己的职业笑容。

"什么是笑？"老陈竟这样问道。海子奇怪地解释说那是一种表情啊。老陈又问什么是表情。海子说是一种情绪的流露，情感的表达。老陈说他明白了，是emoji。海子说不是，是真正的表情，自然的表情，原本就长在我们的脸上。老陈说我想起来了，原来我们的脸还有这个功能。

海子错愕地看着他，看来自己的计划得紧锣密鼓地开展起来了。

邵氏社区出了事，他们的多维坐标本就因设计复杂而备受诟病，这次就真有那么两个倒霉用户找不到坐标，失踪在社区里。在他们的本体变成"植物人"几个月之后，照护人员才意识到出了状况。救援队在一堆冗余的源代码里发现了他们，发不出回程信标的他们欲哭无泪，从闷罐里醒来后，他们再也不想回归元了。

邵氏社区的安全性受到了广泛质疑，虚拟用户开始流失，邵氏的业务也开始不停缩水，他们面临着前所未有的巨大挑战。投资人让他们赶紧拿出对策，邵夫人却是一筹莫展，她筹备许久的叠梦项目的立项申请不断被归元管委会的城建部门驳回，她甚至怀疑有人在暗中跟邵氏作对。

最让她窝火的还不是生意的失利，而是她的家庭关系——丈夫冥顽不灵搞情怀也就算了，儿子也不省心，成天跟那些虚拟偶像厮混在一起！

这不，他又来了，还眉飞色舞地跟自己宣布要结婚了，在虚拟世界里。

邵夫人不得不打断他的兴奋："我和你父亲有件更重要的事情要跟你商量，你是成年人了，应该能接受。"天赐紧张起来，直问难不成那些谣言都是真的，我们家没钱了吗？邵先生失望地摇摇头，不想看他。邵夫人说："不，我和你爸要离婚了，你看你跟谁？"天赐松了一口气，"我还以为多大的事儿呢，归元里待了那么久，你们的婚姻早就有名无实了，离了婚，你们不得一样养着我？"

邵先生一巴掌给他招呼过去，却只打在了虚空里，但天赐还是感受到了屈辱，他怒火中烧、揭竿而起，"你们离婚打我干吗？说是跟我商量，你们不都决定好了吗？从小到大你们什么事跟我商量了？你们就知道躲在那个破罐子里面，我对你们而言，只是一个名字！我只要不改名，就永远是你们的儿子，你们就是成了穷光蛋也得养我！"

邵先生简直气得快舌头打结了，"我……我知道，我们亏欠你很多。离完婚我就会辞去邵氏的一切职务，然后回到现实世界里照顾你。许医师已经做好了我的复健计划，你就跟着我过吧。"

天赐冷笑了一下，"邵先生，您别忘了，离了婚您或许还有些积蓄,但回到现实中你可就什么都不是了。我怎么可能跟着一个不名一文的穷光蛋呢?到时还得我来照顾你!"

"怎么跟你爸说话呢?"

邵夫人听不下去了,她打断儿子的话,转而又劝起准前夫:"你可要想清楚了,儿子的话虽不中听,但还是有一些道理的。你确定要回去?"

邵先生垂头丧气地说:"是的,人类的未来不该在这里。"

从归元里出逃,洋子一头扎进了榕厦里的那间老屋,就像一只惊慌失措的榕蜂藏回了花序。虚拟世界跟她开了这么大一个玩笑,她再也不想回去了。

不知出于怎样的情愫,她一直租住着这间房子。和薄情的前夫分居这几年,这里也俨然成了她的避风港,她不时会回来看看。

楼下那张笨重的茶艺桌还坚守在原地,默默证明着她签下代孕协议的那一刻。归元里每天都在发生翻天覆地的变化,但现实世界里却几乎十几年如一日。

而榕厦的对面,便是记忆中的画廊了。

黄老板早已不在这里,现在的艺蜂画廊由出狱后的阿勇惨淡经营着。头发花白的他还是每天坐在门前,临摹着对面的榕厦,就像会着多年的老友。只是疏于修葺,那高山榕失了风骨,榕茎上长满了小叶榕,榕小蜂从瘿花里飞走了。气生根张牙舞爪地垂落着,完美融入了大芬那枯败的景象之中。笔下的风景在和画家赛老,可画家并不抬头看它一眼,这位老朋友他早已烂熟于心。

徐娘半老的苏珊娜摩挲着自己的脸,这张双S级的面孔久未打理,终于也不敌岁月,无奈渐显霜容。当初她冷言嘲讽阿勇老,现在自己也到了阿勇被嘲讽的年纪。

阿勇脸上的沟壑更深了，可此时此地，没有什么比这张树皮一样的脸更让她感到踏实。

她有些犹豫要不要上前打个招呼，担心会不会劈头盖脸讨来一顿恶语，又或者他早已释怀，放下了心中旧人？

她给自己补了点宅系初恋妆，想要留住一些昔日的千金感。自己这张老脸可再也丢不起了，她不想自讨没趣。

年华灼灼艳桃李，伊人楚楚暗自辉。

画廊里走出一位妙龄女子，招呼阿勇外面冷，进屋吃早点了。

洋子手指一抖，不小心画歪了眉毛。

阿勇忙于手里的工作，迟迟不肯起身，那女子便端出肠粉来给他，阿勇跟她相视一笑。

闻到熟悉的味道，洋子的心里有些酸楚。更让她酸楚的是那个女子的面孔，那分明是自己卖掉的那张天然肖像。

阿勇把他的"马桂香"买了回来！

洋子知道这是一张廉价的脸，但凭阿勇现在的能力，这是他能够送给"马桂香"和他自己的最大的浪漫了。

她关上窗抱头痛哭，哭着哭着又露出了难看的笑容，笑完了又哭。

不用查看ID她也知道，那个"马桂香"只是一个Meta-In-Bot，一种机器人，但这对阿勇来说已经足够了，他的生活已经不需要别人去打扰了。

她把头扭向了另一边，街口的便利店已经换成了MeshHub的实体店，算是这条老街上唯一的变化。拿到离婚费后，Jonny的分店就开遍了大街小巷，那些崭新的共享沉浸舱清一色陈列其中，并已经预约得满满当当。

门响了，天赐为她定做的沉浸舱也终于到货，工人们忙活起来。

洋子卸了妆，收起了化妆盒。她躺回到沉浸舱里，把"马桂香"留在了阿勇身边。

舱盖合上的那一刻，洋子从强化玻璃的反光里看到了自己的脸。镜子里的苏珊娜已经没人记得了，归元里的苏珊娜还会有人想起吗？听说邵夫人离了婚，那张永不衰老的脸她还需要吗？

此时的邵夫人正在参加一场热闹的虚拟听证会，她今天用的就是苏珊娜的皮肤。对于那些老领导，这种怀旧的写真脸明显比二次元形象更有说服力。

离婚后的她变回了林女士，什么事都得自己扛了，为了挽救父亲的林氏集团，为了给自己的新项目开路，她可得哄好那些挑剔的官僚。

"梦境是人类最古老的归元宇宙，在这里，人们可以最诚实地面对自己潜意识里的欲望，因为它是完全隐私的。"

"苏珊娜"的面孔上绽放着迷人的笑容，为林女士的演讲增加感染力：

"全感官沉浸技术的不断成熟使得梦境定制成为可能，我们已经开辟了部分社区，作为叠梦计划的加密存储单元。在这些私密的四维结构里，用户被允许在私人场景里独享或邀请其他用户共享编辑权限，成为私域世界里至高无上的主人。在这里，他们甚至可以自由操作虚拟时间线，自主升级叠梦的维度，实现平行宇宙的多元生活。我们把这种私人定制的梦境命名为叠梦。"

听证代表们交头接耳，他们认为归元本就是人类的一场梦，在梦里造梦不是多此一举吗？林女士则强调起叠梦具有归元不可比拟的体验优势：

"梦境之所以有着无与伦比的原始吸引力，正是因为它是个人欲望的具象，也就是说它是私人定制的。为了真实地模仿梦境，我们计划向公众收集大量有趣的梦境作为叠梦的素材，同时，在归元的交互活动中，通过用户的行为数据分析其个性心理特征，在尊重隐私的前提下，根据他们的需要和欲望为他们定制个性化的梦境，实现周庄梦蝶般深度沉浸的用户体验。"

大多数听证代表并不看好这个计划，特别是虚拟心理学组的代表，他认为这是对脑控技术的滥用。归元金融界的代表们也是一片哗然，过度去中心化会让他们失去对盈利的控制能力，他们对这个计划表示不满。

林女士说："我的前夫虽然离开了归元，但他的话或许没错，这归元宇宙本就该对用户开放，我们目光应当长远。城市是由人组成的，足够的虚拟人口是归元宇宙及其金融体系永续的基石。为了阻止归元人口的进一步流失，你们连这点眼前利益都不肯放弃吗？"

大家觉得这女人一定是疯了，所有人都认为她的提议不可能通过管委会的审批，可林女士却胸有成竹地笑了。

叠梦计划顺利通过了听证，管委会的几个主要领导都以"增加税收、鼓励创新"为理由表达了支持，也为之后的行政决议定下了基调。听证代表们抓耳挠腮，不知道林总是怎么把他们搞定的。

邵先生躺在轮椅床上吸氧，刚吃进去的流质吐了一地。他看着素不相识的儿子叹气，这倒霉孩子对自己的死活并不关心，一有空就躺进那个原本属于自己的罐头里。要不是他的未婚妻最近玩起了失踪，他会二十四小时待在里面，就跟自己当年一样。现在的他即便出来，也只是为了健身，他说不想成为自己这样的"废人"，他还要"在现实里拥抱他的爱人"。

邵先生还得重新适应自己的身体，在此之前，前妻恩准他留在这个玻璃灯笼里康养。许医师整天陪他锻炼，用最先进的再生医学技术帮助恢复他的多器官功能，这些技术很多是来自归元宇宙里的模拟现实试验——虚拟试验不仅成本低、效率高，还绕开了很多伦理障碍，很容易就能取得足够的样本量。

"既然迈出了这一步，就做出点儿榜样给他们看看！"

许医师推着轮椅，对他的老朋友邵先生说。但邵先生有些灰心，他常常发出这样的感叹："已经是晚上了？这么快？在归元里，一天能做好多事呢。我是不是老了，快要死了？"

许医师不遗余力地鼓励邵先生振作，希望他能早日重新站起来。他说："如果连你都不能走出来，归元里的那些人恐怕就更没有希望了。"

"怎么样？邵夫人，我可是说到做到了，你答应的事呢？"

散会后，林女士并没有急着离去，管委会的一位领导把她留了下来，说是新项目立项要盖时间戳。这位老领导并未使用任何虚拟形象，他每天生活在阿谀奉承之中，对自己的实际形象有着不切实际的自信。他总是自吹自擂地宣称，内心强大的人根本不需要在意别人眼中的自己。有求于他的开发商们也总是附和他说："对对对，脸是拿给别人看的，干吗还要自己花钱？"

"不是都说了嘛，我可不是什么邵夫人了，现在您得改口叫我林女士啦。"

"不，还是叫你邵夫人有味道。"

确认四下无人之后，老家伙露出了无耻的坏笑。林女士知道他满脑子都是些什么龌龊的想法，在所有的欲望都得到满足之后，只有征服才能带给他快感。她暗自感叹，如果真的能够实现去中心化的行政管理体系，自己就不用看他脸色了。可是她不能得罪这位大佬，只能强忍着恶心，调出可爱人妻的 emoji 表情，嗔怪道："公链里您可得注意影响。您先别急，等我先去创建一个叠梦，待会儿带您体验体验。"

"就我们俩哦。"

老混蛋哼哼唧唧地说着，然后心满意足地消失了。他前脚一走，林女士就对着球幕说起了奇怪的话："邵夫人，不，林总，你可答应过的，完成任务之后，让我回来继续当你的阿凡达。"

球幕上出现了另一张苏珊娜的脸，她微笑着说："放心，你们男人最懂男人了，好好表现啊，林氏的未来就靠你了。"

"不会出问题吧?"

"放心，叠梦是私域，不会显示 ID，苏珊娜的使用权就交给你了。"

阿凡达戴着苏珊娜的皮肤进入了一个叠梦，与此同时，那老家伙也收到了这个叠梦的共享邀请，他以为这场私密的交易不会有第三个人知道。

作为叠梦的第一个正式用户，他很兴奋，据说叠梦里能满足自己的一切欲望，而那位风韵犹存的"邵夫人"也应该在里面恭候自己多时了。

海子出现在玻璃房子里，他收到了许安格的远程会诊邀请，前来为邵先生诊治。

尽悉病史后，邵先生被诊断为患上了归元戒断症。海子说他的情况比老陈还要严重，归元改变了他在物理世界积累的经验，回到现实后自然会在很大程度上失去自我效能感，治疗上还要多些耐心。

许安格便问起那位老陈的康复情况，海子却说已经失访了，链上的P2P预约是完全隐私的，根本无法联系。

"最后一次复诊时，他说他发现了一个天堂，那里没有烦恼，只有最美好的梦境，他说他再也不需要心理咨询了。"

许安格知道，所谓的天堂就是林女士的新业务，已经风靡市场的叠梦。

"人们真的连梦都懒得自己做了吗？"

许安格不由感叹，并担心起邵先生的预后。除了必要的社交，他自始至终并没有真正加入归元，因此也不能理解那些人为什么会如此沉迷。海子向他解释说："叠梦里的一切都是从本我中提炼的欲望，大数据定制的梦境更能准确地抓住用户的需要。有了叠梦之后，归元原本的强社交属性已被实际架空，而失去社会功能、臣服于原始欲望的人，和动物又有什么两样？听证会上我曾极力反对你们林总的叠梦项目，可惜它还是通过了审批。"

"也许这就是大势所趋吧。"

"不，我们还不能放弃。虽然行政手段不能约束他们，但我们还有商业竞争的对策。"

许安格笑了，今天这位心理医生明显是有备而来的，他把话里的"我"偷换成"我们",大概是想通过言语暗示得到自己的支持。看来,他早就有了对策。

这位老同学倒也直言不讳:"有个计划我确实酝酿已久,但是需要你的帮助。"

"我?"

"在邵氏深耕这几年,你为深度沉浸者们建立了目前最为完备的康复护理和再生医学体系,这是帮助他们返回现实的必要条件。"

"可问题是他们自己得愿意啊!"

"你放心,眼前就有一个大好的机会。叠梦投放市场以后,罐头中慢慢出现了一大批不愿醒来的植物人,账户透支了没人管,只能由民政垫付监护费用。债务滚起了雪球,那些僵尸肉就更不愿意醒来了。所以,为了解决这些深度沉浸者带来的一系列复杂社会问题,归元管委会很快就会有大动作,我们要做好准备。"

"你们要关停服务器?"

"嗯,以自然灾害应急演练的名义。"

许安格大惊。这种大开大合的做法很符合管委会的作风,但关停服务器可不是小事,那么多归元移民要被强制重新回到现实,这意味着虚拟市场的重新洗牌,意味着巨大的商业利益……

"这种内部消息,你是不是不应该告诉我?"

"停服只是临时的,我们无法阻止人们复归虚拟,但归元自诞生之初就孕育着混元的概念,你要利用这个空当把混元的理念推广开来,倡导人们以非沉浸式的方式理性进入虚拟,并形成新的用户习惯。"

许安格明白了,海子是要他自立门户,开辟混合现实的新战场，跟老东家争夺用户。他意识到一场战争即将打响，那是现实和虚拟的战争，超我与本我的战争，母亲和儿子的战争……他不由紧张起来。

"你怎么不自己干？"

"我有公职在身，多有不便，但我能帮你取得政策和项目上的支持。"

"可这不是我一个人就能办到的事情。要帮助那么多人站起来，光有我的再生医学团队还不够。"

海子笑着说自己早有准备，人手都已经带来了。

VR 里应声出现的还是那群老同学，他们依旧插科打诨，没个正经。

运动医学的杨大夫说，他基于 metainbot 研发的外骨骼和义体，已经完成了运动链的人机整合设计，随时可以投入生产，以满足归元移民的需要；营养科医生配制了最优比例的人工全营养素；消化科医生会通过肠外营养过渡，帮助移民们重建消化功能；内分泌科医生会帮他们调整血糖、血脂等内环境；神经内科医生兼职了统觉训练师；康复科医生将协助他们重建归元移民们的肌力和心肺功能；眼科医生参与设计了内置 AR 功能的隐形眼镜和义眼；辅助生殖的饶大夫还是没心没肺，说她会重新教人们怎么做爱；海子自己则主攻归元应激障碍和脱瘾。

后来他们又想到了谷院长，还去请他重新出山，以帮助虚拟世界"移民"们减轻回到现实后的容貌焦虑，却听说他已经寿终正寝。

许安格扼腕叹息，他说现实是打不过归元的，打得过归元的只有混元。海子说，混元是夹在现实超我与归元本我之间的调停者，这个角色可不好当。许安格说，那我们的团队就叫作——ego[1]。

在 ego 外骨骼的辅助下，邵先生已经可以下地活动了，他对许医师的照顾表示感谢。许安格则不失时机地提出请邵先生出山，现身说法号召人们离开归元的囚禁，"和归元不一样，要在清醒的现实世界中实现与虚拟世界之间的全感官互动，沉浸舱脑刺激的方式显然行不通了，这需要更加便携的交互设备，比如传统的 VR 隐形眼镜、骨传导耳机、触觉互动的鲨鱼套装等。除了这些混元生态终端的开发和普及，它还对通信带宽提出了非常高的要求。而目前 ego 的技术团队以医学背景的人员为主，恰恰缺乏信息技术和智能硬件方面的专业人才。"

邵先生明白，自己在信息建设方面的丰富经验和资源正是他们急需的。曾经的老板倒不介意给下属打工，但他还是婉拒了好意，他说他跟前妻签了很长的竞业禁止协议。许安格知道他这是念及旧情，也就没有勉强。

邵先生只是提醒他说："受香农极限的限制，要部署桥接虚拟世界的物联网系统，达到甚至超越归元的感官和情感体验，势必需要 Tbps 级通信技术的支撑，这意味着太赫兹以上频段的无线宽带。作为毫米波与红外之间的间隙，太赫兹无线信号只能高速短距离传播，其链路桥接距离只有十几米，且容易被地球曲率和障碍物遮挡，因此它需要高密度部署基于光纤硬线的网络基础设施，将分布式太赫兹收发器链接到中央数字信号处理站。你们前期在通信网络上的投入会相当大。"

---

1. 心理学概念，指"自我"。

邵先生看出许安格的担心，又安慰说："没关系，一步一步来，好在你们有政府方面的支持。"

猫娘最终同意了多金公子的求婚。

她不知道自己是不是疯了，她只知道，那句"我爱你"他没有撒谎。是的，没有哪个儿子不爱自己的母亲，也没有哪个母亲不爱自己的儿子。猫娘确信这世上，他是唯一自己还能爱着，并爱自己的人了。

在她回到归元的第一时间，多金公子就迫不及待前来迎接自己，看样子已经痴痴等候多时了。面对自己朝思暮想的情人，他不停地诉说相思之苦，问她去哪儿了。看到他欣喜若狂的样子，她不敢也不忍告诉他真相。她安慰自己，这样的决定或许是正确的。

多金公子问她是怎么想通的。猫娘心事重重，几次欲言又止，却只能话里有话对他说道："这要是在现实世界里，你和我是不可能的。"

多金公子却海誓山盟，说不管老幼美丑，如果有必要，他甚至可以陪着她，离开归元以明志。他的爱如此疯狂，却让猫娘惴惴不安，甚至有些害怕。

毕竟没有血缘关系——她不停地用这样的借口麻醉着自己。她命令自己忘掉一些事实，在归元里那或许真的不重要。

谎言只要不被戳破，那就是真相；美梦如果不会醒来，那就是现实！她沉沦在爱人的怀抱里，说着这样的话："就让我们永远活在这梦境中吧，再也不要回到现实。"

梦 境

"尊贵的叠梦会员，您的专属权益已到期，现在续费可继续享受以下增值服务：精选梦境点播、尊贵个性表情包、免广告福利、升维折扣、高精度全感官体验升级……"

老陈从叠梦中醒来，现实生活是如此乏味，他还想继续做梦，可MeshHub把他从沉浸舱里给"请"了出来。

他拖着愤懑的脚步来到大芬街边的粉馆，兜里剩下的钱都不够果腹，哪里还做得起梦？

"现在谁还用现金啊？"粉馆老板怜悯地看着他手里的钢镚，见惯不惊地提醒他说，"你也可以去卖点儿自己的梦境啊。"

老陈已经很久没做过原创的美梦了。他也不是没卖过梦，可MeshHub的报价低得让他不敢相信。那个冰冷的前台机器人说，他的梦属于缺乏新意的"典型梦"，不是低空飞翔就是高空坠落，不是被人追逐就是当众裸体，对于扩充叠梦的素材库并没有太大价值。

对于梦境商品化的今天，最大的悲哀莫过于连做梦都缺乏想象力。

心理医生建议他，多多接触艺术作品以克服情感淡漠，说不定也会对他的戏剧事业有所帮助。说这话时，心理医生的嘴角还挂着久违的笑容。

老陈恹恹地扫视着那些还没倒闭的画廊，画廊里那些原创肖像个个与众不同，而且富含饱满的情绪，只可惜和他的脸谱一样无人问津。

他终于自嘲地笑了，"跟画家画不过 AI 一样，我的梦自然也做不过叠梦。"

一个全身 ego 套装的小伙子手捧鲜花从他面前路过，似乎是在给恋人打电话："亲爱的，你还没有回到现实吗？你真的是要等到最后一刻才肯出来啊……不是让你提前做复健了吗……对，我已经适应好了，在现实世界里等你哦！"

由于服务器即将停摆整顿，归元移民陆陆续续被召回现实。这也让老陈的心理平衡了许多，他掂量着囊中的碎银，点了一碗素粉。

归元这次暂停运行并没有明确期限，林女士等虚拟开发商对此虽有怨言，但也只能配合政策，协助用户们分批有序地离开。

可是，就连那些"过期罐头"里的"僵尸肉"都不见得能保存完好，遑论大多数以传统方式进入归元的移民。长期卧床沉浸的代价是肉体的各种归元后遗症，包括大面积褥疮、肺部及尿路感染、深静脉血栓、骨质疏松、肌肉萎缩、关节僵硬、消化不良以及各种失用性功能障碍。要想重新站起来，他们急需再生医学团队的帮助。

在海子的奔走下，ego 拿到了大量的政府订单，因势利导迅速做大，看得虚拟开发商们眼睛直发红。

许安格倒是挺大方，他建议林女士把资本转移回现实世界，自己愿意出让一部分混元市场。可是林女士实在舍不得自己在叠梦里投入的大量心血，最终选择留在私人沉浸舱里"冬眠"，躲在叠梦里等待归元的重启。

不是每个人都有林女士的好命，可以赖在叠梦里不走。大多数人只要停止工作，就将无法负担他们的美梦。比如，洋子。

猫娘正在归元里进行最后一场直播，希望能趁归元停摆前这几分钟，再多卖出去几套ego套装。接下来的被迫停播期间，为了节省沉浸舱的续航费用，她将不得不停机，并遣散私人护理。她的情人虽然多金，但她不想靠男人活着，她不想让他瞧不起自己。

可天赐这小家伙太黏人，这个节骨眼也不忘给她打电话，还说让她赶紧回到现实，他迫不及待想要见她一面。猫娘有些生气："早跟你说过了，我现在还不能和你见面。"

"那我要等到什么时候啊？"

"等到你成熟一点啊！"

直播间里出现了情人的玫瑰，香气扑鼻。她警告过天赐不能给她刷礼物，所以他只能送花。

逼真的嗅觉信息让人迷醉，她感动道："这花好香，香得也太真实了。"

"因为它就是现实的花香啊。"

"什么？"

猫娘周围的世界黯淡下去。归元停摆了。

素粉难以下咽，老陈偷偷往碗里剥了一根肉肠。

正要动筷子，一个和尚突兀地出现在他面前，和善地笑道："吃素好。"老陈有些尴尬，偷偷把肉肠深埋了一些，不敢以此布施。好在老板及时出手把和尚撵了出去，他说这些和尚每天都来化缘，他都有点烦了。老陈知道，怕是和尚吃素的主张打扰了老板的生意。

一支游行的队伍正阔步踏过大芬的街道，他们不是戴着面具，就是戴着口罩。

老板连忙关门，说那些暴徒又来了！老陈不解，问什么暴徒？老板说："归元回来的难民啊！这些人重新站起来后干的第一件事情，就是立刻要求重启服务器。"

曾经深度沉浸的用户受不了现实世界艰苦的物理规则，不断通过游行示威表达自己的不满。他们脱胎于这个现实世界，现在竟不愿多待一天，多看一眼。现实世界俨然成了备受嫌弃的老母亲，哪怕一次短暂的回家探亲，也让孩子们如坐针毡。

"这次归元整顿一定是上天的旨意，是爱神安排我来与你相见了。"

天赐把玫瑰放在猫娘的沉浸舱上，悄声屏退了照护人员。他心里一阵暗笑，猫娘忘了，现实世界里的快递是要留下物流地址的。

他环顾着这间简陋的老屋，简直可以用家徒四壁来形容。窗帘厚实地封堵着阳光，狭小的空间里，那些还没拆封的ego套装堆积成山，几乎快找不到下脚的地方。自己送的沉浸舱无疑是这间屋子里最高级的设备，可昏暗的采光下，它却难看得像一口棺材。若不是如此，透过沉浸舱门的强化玻璃，他已经可以一睹爱人的芳容了。

他顿时有些心疼，自己的未婚妻也太傻了，她大可不必忍受这样的清苦，却总是谢绝自己的好意，甚至连面也不肯起来见一次。想必她是担心自己嫌弃她的年龄，可她太自以为是了，低估了自己的真心。

这沉浸舱虽然是几年前的老款，但也早就实现自动化护理了，配置信息可以分布式备份和升级，软件故障也可以在线自动修复，他认为照护人员其实也有些多余了。

一键复苏的按钮正闪烁着诱人的幽光，不过他不着急，他要先跟未婚妻开个小玩笑。通过ego进入了猫娘的直播间，刷了一大捧虚拟玫瑰做铺垫，然后，在猫娘的狐疑中，他对着玻璃那边的爱人轻轻吹起了耳边风：

"我的睡美人，你可别再赖床了。"

苏醒程序已启动，舱盖缓缓打开，带着舱体发出嗡嗡的共振。猫娘的胸腔随之剧烈地起伏着，现实的玫瑰过于芬芳而有些刺鼻，她却贪婪地喘着大气。

天赐从没想过自己会如此紧张。为了能在现实里让爱人感受到自己的亲切，他做出了精心的准备，甚至还在他的ego套装外面细心地穿上了一件七龙珠主题的外套。

舱内的黑暗慢慢被驱散，窗外的人群嘈杂了起来。

游行的人群把粉馆给砸了，把MeshHub洗劫一空，就连那和尚也未能幸免，被视作伪善的典型抓起来当众羞辱。

这一幕让老陈摸不着头脑，他端着碗，跟老板一起狼狈地躲在桌下。杂物横飞中，老板跟他解释说："那些人早就脱离现实了，他们理解不了现实里居然还需要杀生，还要像野兽一样分食动植物的尸体，它们可是那些卡哇伊形象的原型！所以，他们强烈抵制重建消化功能，还要求政府继续为他们提供便宜的静脉营养和碳泵，可我听说那些营养素必须从元素开始就人工合成……"

归元的道德标准正在反噬现实，归元移民自诩为"圣人类"，并不愿再与这些现实的"蛮人"为伍。他们把营养过剩和浪费食物的"异端"抓起来私刑伺候，还把马拉松、格斗等运动项目视为毫无意义的浪费能量的恶行。他们对和尚的施暴，似乎是对出家人有着更高的道德要求。他们还命令他"放下屠刀"加入他们，这让和尚哭笑不得。

群情激愤中，老陈被一种久违的激情深深感染，既然食之无味，索性心里一横，放下了筷子。

从黑暗的笼罩里觉醒，透进屋内的天光已是强弩之末，但仍让洋子感到刺眼。窗外人声嘈杂，不似往日那般宁静，一个陌生的人影在眼前模糊地晃动着，也不像是熟悉的护理人员。苏醒程序还没有结束，丙泊酚还残留在体内，她不太明白自己身处何处。

"你是谁?"洋子的喉咙里滚动着痰响，身体正赤裸地裹在保湿凝胶里。

"我是上天给你的恩赐啊。亲爱的，我来看你了。"天赐温柔地将洋子扶起，微光在她脸上擦拭，缓缓撕开阴影的保护。

"不!"洋子瞬间清醒过来。是他! 他怎么能在这里? 心电监护开始报警，洋子的心里惊恐密布。她拼命地挣扎，试图扭过头去，可刚刚苏醒的她还不能很好地控制自己的肢体，只能徒劳地扭动着。

"没关系，没关系，我穿着ego套装呢。"天赐安慰着她，将她不住发抖的脸庞轻柔地扶正。四目相对的这一瞬间，整个城市却黯淡下去，ego隐形眼镜里预装的美颜换脸、环境渲染以及约会顾问等应用程序竟被悉数关停，周围的环境浮现出现实的面目。

他意识到，这是ego的系统瘫痪。

如此这般，一张靓丽夺目的面孔便无处可藏了。虽是半老徐娘，但好歹曾是一张绝世倾城的双 S 级面孔。可天赐的笑脸沉了下去，他一个激灵把未婚妻推回了舱内，惊惶地喊了一声：

"妈？"

示威人群从福田到龙岗四处流窜，沿途不停闹事，甚至还跑到市政广场静坐。这些人大多以物遮面，假面上还画着他们在归元里的虚拟形象，似乎那才是他们本来的面目。被现实召回后，他们深陷于容貌焦虑，不敢以真颜示人。

这个丑陋的现实世界也让他们不忍直视，为此他们还提前准备了 ego 眼镜之类的混元穿戴。ego 全套穿戴的混合现实功能可以随时关闭，但他们都默契地为彼此保持着二十四小时"礼节性"开机。更有甚者，不惜通过手术摘除自己健康的眼球，只为换上 ego 为盲人研发的混元义眼。

海子自己也没有想到，归元的停摆会闹出这么大的乱子。管委会焦头烂额，海子请求他们再耐心坚持坚持，他解释说这是归元戒断症状，多给点时间让这些人适应，他们自然就会消停。

有些领导却过度紧张，他们担心这背后有人策划。要知道，有些人躲在私人沉浸舱里根本没有出来，他们或许正在通过私密链接密谋着什么。以防万一，干脆还是一刀切！他们不顾海子的劝阻，紧急关闭了整个深圳市的毫米波基站，ego 的混元服务也因此被暂停。

舱体停止了颤动，这一声"妈"，却让洋子不寒而栗。

但她很快意识到天赐喊的并不是自己。天赐离开自己时还在襁褓里，他不可能对自己还有记忆。代孕信息是保密的，脸上的"苏珊娜"也是盗版的，在她的户籍信息上并没有记录，天赐就算查他孕母的信息，看到的也是一脸瘢痕的马桂香。所以，他口中的"妈"指的是他的亲妈——林女士。

洋子满心懊恼，那林女士明明有那么多面孔，为什么偏偏选择用"苏珊娜"跟儿子见面？

"你究竟是谁？为什么会有我妈的脸？"天赐惊骇不已，他粗暴地捏着那张"苏珊娜"的脸求证真假，并命令这冒牌货出示ID。

洋子飞速盘算着无数借口，可这张脸曾经上过法庭，当过网红，正版还捏在他母亲手里，根本就经不起推敲。天赐已经见到了她，这一纸假脸怕是包不住他的怒火了，他迟早会知道一切！

她知道这虚假的幸福是建立在一个难以周全的谎言之上，但她是那么渴望一份真挚的爱情，哪怕是自欺欺人的不伦之恋。为此，她不惜欺骗了自己借孕亲生的骨肉，也欺骗了自己的理性。她是如此贪心，如果可以，她将不择手段继续维护好这假象。

眼前的情景，早在洋子的噩梦里出现过无数次了。她像一个亡命天涯的逃犯，在爱情和伦理里犯下重罪后潜逃多年，提心吊胆的流亡生活让她疲惫不堪，似乎早就盼着被抓住的那一天。惊弓之鸟早以惊恐惩罚了自己，现在，任何审判她都乐意接受，任何惩罚对她都是一种仁慈，她将在宣判中得到自由，她将在末日里得到救赎。

风雨欲来，榕枝胡乱地拍打着玻璃，它几欲破窗，为这老树屋打扫心底的积尘。

事已至此，洋子反而平静下来。她几次强撑着身体试图起身，最后却只能无力地作罢。她心如死灰地看着衣柜里那只发灰的毛绒凯蒂猫，终于以一种放弃的姿态说着：

"是的，我就是你的妈妈。"

话出口的那一刻，她似乎得到了真正的解脱。

窗外已是一片混乱。

突然的断网让示威人群失去了组织，他们各自为政地打砸抢烧起来。没有了ego外骨骼的步态在线支持，有些人甚至不能直立行走，但他们仍以自残威胁政府妥协，似乎那副躯壳早就不是他们自己的了。

他们要政府承诺，允许他们在归元里建立永不增发的货币体系，利用其分布式账本建立去中心化的民主，自己决定自己的未来。

政府当然没有同意他们的诉求，因为这意味着归元将不再有中心服务器，不再有管委会，数字货币的流通也将不再创造税收。它会化整为零，分散到全世界的网络节点里，除了理论上的"51%算力攻击"，再也没人能将其关闭。归元居民的"身份信息"不光在金融意义上得到了实现，还将体现在政治权利上。

示威人群与军警对峙起来，到处都是防暴枪的声音。

"这不是真的！"天赐一把关上了舱门，退到墙边哭了起来，他无法接受这个现实，"我可是你的孕子啊，你自己不觉得恶心吗……"生母不爱他，孕母欺骗他，天赐觉得这个世界对自己充满了恶意。

"你说过你爱的不是我的身份，对吧？"沉浸舱里的洋子失神般说道，就像一台丧失自我意识的阿凡达。

"别说什么都是怕伤害我，那都是你粉饰私欲的托词！我那么爱你，你却处心积虑地欺骗我！你为什么要这么做？你怎么可以这么贪婪！"天赐嘶吼着，唾骂着，近乎歇斯底里地控诉着。

声声无情的咒骂惊醒了残酷的现实，谎言落幕，洋子万念俱灰。从下定决心欺骗自己开始，似乎所有的自尊都已抛诸脑后，现在的她一丝不挂，泡在水凝胶里，像离开了灵魂，肉体轻浮着，势单力薄，却并不感到丝毫羞耻。

"你不是说没有我活不下去吗？"

抚摸着胸肋间那大大小小的手术瘢痕，她呢喃道：

"你不是说想和我在现实世界里做爱吗？"

下垂的双乳被瘢痕牵拉得东倒西歪，她自怜地看着它们：

"亲吻它们吧，像你小时候那样。"

她舒展开双腿，如同一朵行将枯萎的玫瑰，正努力绽放着最后的魅力。

"进来吧，回到你来的地方。"

终于恢复了一些肌力，她得以抬起手来，隔着玻璃招呼着她的情人，就像一个悲伤的妓女。

"你不是说爱我吗？来，抱抱你的爱人吧。"

天赐浑身发抖地看着她，那张苏珊娜的脸依然年轻，可身体却尽显干枯，呈现出一种极不协调的病态之美。

他跌跌撞撞地抱住洋子的沉浸舱，就像儿时一样在她怀里放声大哭："妈，我爱你。"

洋子凄美地笑了，"我也爱你。"

天赐伸出一只手，拔掉了沉浸舱的氧气管。

心电监护开始报警，心率急速上升，血氧陡然下降，洋子像被人掐住脖子一样喘着大气，不停拍打着舱门。

苏醒程序结束时，维生系统就已经停止了工作。舱内残留的氧气很快就要耗尽，天赐却面目狰狞地看着她剧烈地挣扎。

"这么快就恢复了肌力，这个女人肯定背着我，偷偷起来做过复健了。这个骗子！她那句'我也爱你'不知道对多少人说过吧？她是不是还有什么事情瞒着我？她是不是还有情人，他们偷偷在现实里约会来着？"愤怒冲昏了头脑，天赐不停地妄想着，这些让人痛苦的想法挥之不去。

慢慢地，洋子不挣扎了，但她还没有死去，看着无动于衷的天赐，她似乎已经生无可恋。

是啊，梦碎的人还有活下去的必要吗？

抱着这样的想法，洋子竟用最后一丝残存的力气唱起了歌。那歌声断断续续，微弱而亲切，就像是在哄睡儿时的天赐入眠。

歌声越来越弱，呼吸越来越急促，洋子的意识渐渐模糊，往日的画面竟重现在眼前。

她仿佛回到了大洋彼岸的月子中心，正穿着鲨鱼服给天赐喂奶。饶医生正夸奖她的细心，说她要是有了自己的孩子，也一定是个称职的母亲。那时，她还没有整容，也从没有想过能变得如此美丽。现在，趁还不算太老，就这么漂漂亮亮地死去也不是一件坏事吧？妈妈说过，漂亮的女人就是死了也会去天堂。她会去天堂吗？那会不会又是另一个虚拟世界？她又想起了她的多金公子，还有他带她去过的那场叠梦。他们会不会还在叠梦里呢？所以，这一切的不幸都是假的吧？那么，就让他们快点从这场噩梦里醒来吧……

心电图已是一条直线，天赐失魂落魄地把掉落的玫瑰重新放回到那口"棺材"上，像是在悼念着什么。他笑了，嘴角不停地抽动，涕泗横流。

榕枝破窗而入，不慎走漏了风声，它的锲而不舍终于获得了成功。窗外的世界一片欢腾，示威群众也最终取得了胜利。人潮欢快地散去，夜色奔走相告，那些雪花般的像素也终于明快地堆砌在一起，重叠成一座透明而又真实的城市。

泛道德主义的抬头让人始料不及，管委会迫于压力，与抗议人群达成了妥协。通过区块链匿名信用体系的投票，示威者们取得了政府"即刻重启归元"的承诺。

海子就此次事件中出现的伦理危机，向管委会作出以下调查报告："人类的伦理体系是在现实的社会关系中逐渐演化出来的，归元宇宙的出现钝化了人们对物质世界的生理认知，进而动摇了传统伦理道德的心理基础。失去了现实生活的土壤，长期沉浸于梦境的归元居民形成了一套自己的伦理标准。虚拟世界里道德崩坏、长幼无序，他们能够接受乱伦，却不能接受杀生。他们似乎正慢慢演化成不同的物种……"

许安格正忙于部署他的IOT[1]生物特征识别系统，林女士已从休眠中醒来。归元停摆时间太短，海子的计划只成功了一半，他不停奔走呼吁，向公众传递理性沉浸的观念，但瞬间淹没在各种海量的言论里。

是留下来，还是归元而去，这是摆在每个人面前的选择题，并没有那么多折中。关于人类的未来何去何从，每个人都有自己的判断，可人们还是分不清metainbot和阿凡达，分不清ID和虚拟形象，

---

1. 即物联网。

分不清笑容和emoji，分不清真正的自我意识是在哪个世界。为此，他们举棋不定。

这是混元与归元的第一次交锋，它们打成平手。

琼楼迎面两边开，洋子脚步轻快，在城市里奔跑起来。

当年的鲨鱼服已经升级为ego套装，混元里的私人运动顾问正提醒她训练有度，循序渐进。

她在现实世界里聘请的运动医学专家杨医生说，根据洋子的年龄和沉浸史，运动心率应该控制在140以下，否则发生心血管事件的风险将明显增加。洋子"炸"着肺，嘴上却犹在逞强。杨医生立刻批评了她，"我帮助过很多归元移民回归现实，没有你这么拼命的！"

洋子气喘吁吁地笑说："我的钱终于够了，够买一张双S级的脸了，再整一次容我就可以和他在现实世界里见面了，我就要拥抱现实的未来了！"

说这话时，她全身包裹着一层暖阳，脸上挥洒着幸福的期待。

城市从眼前淡出，洋子心满意足地卸下了康复用ego外骨骼。她不怕运动猝死，只怕活不到跟天赐见面的那一天。

第三张面孔　马桂香

替身

　　许安格的IOT邮政柜里有一块数字可塑模型，现在它呈现着一块新鲜猪肉的拟态，通过ego套装内置的传感设备，他能真切地感受这块猪肉的质地和重量。

　　他在ego视界里逆向追溯时间戳，猪肉以最适缩放比还原为一头活生生的猪。这头猪从出生到被宰杀，再到即将发生的物流过程，都以具象的形式呈现在许安格眼前。只要他愿意，他可以查询到它的品种、产地、重量、生长环境、饲料来源、疾病史、宰杀方式和时间、消费者评价以及跟它相关的所有交易信息，充分保证食品安全和质量。

　　根据自己的需求量以及共享导购的个体化营养建议下单，并选择了烹饪方式后，许安格关上了IOT邮政柜。在约定的时间内，一模一样的菜肴就会真正出现在现实的邮政柜里，而相应的支付也会在链上自动完成。

　　ego负责智能合约的技术支持，metainbot物流系统保证了这次交割，他们强调的是真实的购物体验。为了抢占市场，ego把混元的基础硬件免费提供给用户，用内容和算法服务盈利。

　　混元的生活方式已经流行起来，即便在超市里购物，琳琅满目的货架上也是虚实结合，没有混元设备你甚至不知道自己买的是什么东西，也看不到满脸微笑的共享导购，购物大多只能靠想象力和缘分。

归元服务商觉得他们是脱了裤子放屁，传统的中心化网上购物平台就能实现一手交钱一手交货，而归元提供的感官体验也同样真实。他们不平地质疑道："你们混元的服务系统，不也正是基于归元所使用的底层数字逻辑吗？"

许安格疑惑他们对"真实"的定义是不是有什么误解，归元不过是一个只能生存在支付场景中的阿宅，现实的生产和物流活动靠它实现不了，只能依赖于和混元的衔接，而ego的虚拟服务系统是有着现实人类和metainbot作为强大现实后盾的。

为此，他在ego的虚拟现实系统里设置了标签，时刻提醒着混元用户们正身处现实世界。

ego鼓膜里响起了天赐的来电铃声，许安格很高兴，语音信息是从现实世界里发来的。

可天赐的声音惊慌失措，他说："许叔，我杀人了。"

打开沉浸舱，洋子的尸体已经冰冷。

"我究竟干了什么？"

天赐终于清醒过来，他不敢相信自己竟亲手杀死了自己的爱人。他也意识到这不是归元里，在归元里杀了人只需要花点钱，赔付别人损失的数字资产就行了，现实世界的杀人是要偿命的！

"是你骗我在先的，不关我的事……"

他脚步紧张起来，想尽快寻找出路离开这里，门外却响起了急促的敲门声："洋子，是不是你在里面？我听到动静，你没事吧？"

说话的是一名男子，这婊子果然在现实里有情人！

天赐的视界同步在许安格的ego视网膜里，后者被他捅出的篓子惊呆了，"出了这么大的事，怎么不给你爸妈打电话？"

"我爸才不会帮我呢，就算有那个心，他也没那个能力了！我妈还在归元里，也是鞭长莫及。警察就要来了，许叔你救救我啊！"

儿时的天赐在学校里打人、作弊、偷东西，邵氏夫妇总是让许安格出面解决。在天赐眼里，许叔倒更像他的亲生父亲，闯了祸他也总是第一个想到许叔。

"许叔，我不是故意的……""许叔，我下次不会再犯了……""许叔，你不会告诉我爸妈吧……""许叔，我想吃冰激凌……"

他总是用这样可怜巴巴的语气，把他的许叔拿捏得死死的。

这一次，许安格同样无暇过问始末，天旋地转的他只心系一个问题："有没有目击证人？"

天赐惊恐地看向了那扇门，敲门声越来越急促了。

"洋子，你快开门，我是阿勇啊。"阿勇拍打着这扇老式的木门，"我知道你在里面。归元停摆了，我看见你的护理人员都下楼了，你应该已经起来了吧？我不是想要打扰你的生活，可外面到处都是游行，我只是想确认你的安全。"

见屋里没有反应，阿勇对着木门长吁短叹起来："我知道你还不能原谅我，以前是我的错，我不该骗你。

"我也并不奢望你的原谅，但我有件很重要的事想跟你说。

"我们总算还有着共同的过去吧，你还记得我们曾经结过婚，有过孩子吧？看在往日的情分上，你就开开门吧！"

多年以后，阿勇终于腆着老脸，说出了这样动情的话，似乎是想挽回些什么。

于是门真的开了，门后的阴影里透出一张愠怒的脸。

"你居然杀了你的孕母，你这个大逆不道的畜生，我没有你这个儿子！"

案发现场的全息画面出现在邵先生的视野里，并随着天赐的视角更新着现场信息。天赐正一个人守着沉浸舱，向着父亲的AR叠像惊惶求救："我不想坐牢，我会被剥夺进入归元的权利，我还有很多虚拟形象没用过呢！"

同样加入共享视界的还有归元里的林女士，她正不停地哀求前夫："快想想办法吧，再顽劣也是我们的亲骨肉啊！"

邵先生对儿子失望至极，却只能无奈地揉着太阳穴说："事到如今，只有一个办法了。"一听这话，天赐仿佛抓住了救命稻草，急问是什么办法？

邵先生顿声说道："换脸！"

一听换脸，天赐就大呼小叫起来："换脸？现实世界里？那得多疼啊，我宁愿去死！"

"那你就去死吧！"

邵先生彻底失去了耐心，他让儿子自生自灭。绝望的母亲反倒指责起前夫的无情，这让邵先生大声喝道："你就护着这畜生吧，哪天连你这个亲生母亲也不放过！"

林女士却瞪圆了泪目，号哭着："那也是我咎由自取！他能走到这一步，我们就没有一点责任了吗？你这个当爹的就脱得了干系吗？"

邵先生无言以对，只能默默垂下老泪。出于某种自尊，他暂时关闭了连线……

敲门声已密得催命，天赐半开了门缝。

见开门的是个青年男子，阿勇有些尴尬。对方正恶狠狠地看着他，可阿勇仍不死心，死撑住房门往里试探。那小青年力弱，险些被阿勇破门，沉浸舱里却及时传来洋子的声音："是谁在敲门？"

阿勇只好马上收了力，说现在外面很乱，怕你出事就来确认一下。洋子说谢谢你的关心，我刚刚苏醒，想多适应一下，而且还没穿衣服，就不招呼你进来坐了。阿勇说需要帮助就招呼一声，我一直在楼下。洋子愣了一下，说不用费心了，有我未婚夫在。

阿勇灰头土脸地下了楼。天赐精疲力竭地关上房门，他看着沉浸舱内的尸体和ego里的帮凶们，长舒一口气说："感谢傅立叶变换。"

"还有一个办法，那就是让马桂香复活！"

关闭共享退出案发现场的第一时间，邵先生就出现在许安格的视野里。在这个私密的混元副本中，他给老朋友跪下了。

许安格瞬间明白了邵先生的意思——数字孪生！

他费尽心思让邵先生重新站起来，不是为了让他给自己下跪的。他劝道："区块链账本是虚拟人口的DNA，链上的生物ID是不可复制、不可篡改的。不管是归元还是混元，虚拟角色都是没有身份的，用数字孪生掩盖本体的死亡，可不是长久之计。"

"先把眼下这一关过了，再说也不会有人真正关心她的身份的，只要拿到这个女人足够的行为数据，我们就能让她'复活'。"

许安格觉得邵先生有些失去理智了，要在这么短的时间里采集马桂香的行为数据，并制作出一个足以乱真的孪生AI谈何容易！可

邵先生提醒许安格道:

"有一个人,他那里应该有现成的。比起马桂香活跃在公链上的有限数据,他所掌握的应该更加私密和翔实。"

Jonny的阿凡达应邀出现在现场,他并没有对前妻的惨死表现出任何哀悼。他首先是惊讶,然后拱手作揖对那位纨绔子弟表示了敬佩。他摆了摆手对林女士笑道:"你家公子真是长本事了,我们猜猜尸体什么时候会被发现?"

林女士一听这话立马就乱了心火。她把前夫的计划和盘托出,并恳求他饮水思源、雪中送炭。Jonny皱着眉头思考了一下,"要掩盖本体的死亡,必须同时在现实世界和虚拟世界中寻找阿凡达。归元里可以通过虚拟形象轻松实现,可现实里谁又愿意替另一个人活着呢?"

邵夫人慌乱地想了一下,就脱口说:

"我的阿凡达助理,他当替身可是轻车熟路,metainbot的皮肤也早就可以做到乱真。谁当替身不重要,重要的是马桂香的灵魂。"

Jonny知道,自己曾为直播时长给洋子改进过数字替身,这个现成的模型成了邵天赐眼下的救命稻草。但他故作为难地说,她毕竟是自己的前妻,虽然她背叛了自己,但自己的良心很贵的云云。林女士一怔,明白他这是要趁火打劫了。

Jonny的开价是要接手林氏的叠梦业务,这简直是在割林女士的心头肉。这无耻之徒从一开始就暗中利用归元的行为数据预估林女士的心理底线,并不断用话术击溃她的心理防线,最后得出的这个要价,经归元的大数据分析,成功概率很高。他厚颜无耻地提醒林女士："警察要是到了，谁也救不了你那不成器的少爷。"

林女士怒斥他这是敲诈，许安格也觉得堂弟这样做有失体面，天赐却只在一旁央求母亲："妈，你答应他吧，你有的是钱啊！"

可怜的母亲没有讨价还价的筹码，完全失去了往日谈判桌上的精明和沉着。她呕心沥血打下的江山，就要断送在这个不争气的逆子手里了！

Jonny却说还没完，对于堂哥这位中间人，他还有几个附带要求。

Jonny的报酬还没到手，洋子的数字映射模型就已完成了交付。

区块链挑战了传统的物权登记制度和银行转账模式，由用户自由布置的智能合约是自动履行的，一经发布就不可篡改，在这种自我执行的架构下，违约不可能发生。

许安格替林女士向Jonny转达感谢。后者得了便宜还卖乖，说两兄弟之间不必如此客气，以后他的虚拟产业要向现实世界推广，还少不了堂哥的支持呢！

作为附带条件，许安格在堂弟的要求下，取消了ego里的现实标签，并允许ego的IOT系统接入TMS磁感应装置。

许安格问Jonny为什么觊觎叠梦的业务，是想进军造梦行业吗？

Jonny冷笑了一下，表示自己可看不上造梦那点儿小生意：

"我接手叠梦，只是为了掌握林氏这条'TMS磁感应式全感官沉浸舱'的产业链，以推行我的新项目——emoji。"

"emoji？表情？"

"对，符号化的表情，代表着纯粹的情绪。原始，简单，但迷人。"

"情绪也能作为产品？"

"不然呢，你认为人们为什么喜欢做梦？还不是为了享受美梦带来的愉悦，所以情绪才是人类最根本的追求。既然如此，我们又何苦浪费那么多力气打造具象的叠梦，何不直接给用户提供他们想要的东西——情绪！"

海子的研究成果又被滥用了，他为此暴跳如雷。

为了更好地改善患者的负面情绪，他采集了自我实现者们的情绪活动的电生理特征，并根据情绪维度理论将其编码，建立了虚拟情绪数据库，然后根据不同患者的需要，通过 TMS 为他们提供对应的正性情绪刺激。

这种虚拟情绪覆盖疗法本是一种人本主义的关怀，可一经投入临床，就很快被移植到了具有相同技术原理的 TMS 沉浸舱里。

归元管委会的领导告诉他，一家叫 MeshHub 的虚拟形象供应商在归元里异军突起，收购了林氏的叠梦业务，并通过其用户基础，将一个叫 emoji 的新概念产品迅速推广开来。管委会收到投诉说，这个所谓的 emoji 业务，正是把情绪中枢的电磁刺激所产生的虚拟情绪体验当作产品来出售；不仅如此，为了节省运算空间和交互成本，他们还偷工减料，通过减模、贴图、去渲染，把叠梦中那些映射现实的具象信息，简化为毫无意义的意象化、符号化的元素。

海子捶胸顿足道："如果说叠梦是归元的高级形式，emoji 就是它的终极形式。这种离开场景的中介，直接激发用户产生虚假情绪体验的服务，本质上就是一种数字毒品。"

林女士耗尽心血的叠梦被删减成了模糊的像素，她怨怼满腹地向归元管委会发起投诉。可原先相好的老领导告诉她，归元重启后在很大程度上实现了去中心化，管委会早已名存实亡，自己已经帮不了她了。

Jonny不知从哪里得知了此事，他对这女人的忘恩负义感到愤怒，"她凭什么指责我？我的emoji和她的叠梦又有什么本质的区别呢？一个是虚假的梦，一个是虚假的情绪，都是为了抓住用户而设置的茧房。"

他让堂哥转达自己的警告，许安格却反过来给了他当头棒喝："这是不对的，单纯的情绪享乐不会创造任何价值，它就像一座虚幻的监狱，只会囚禁人类的创造力。你不搞技术，不知道技术滥用的可怕！"

Jonny觉得堂哥在小看他，他确实不懂技术，但谙熟虚拟世界的游戏规则，"你们这些道貌岸然的伪君子凭什么看不起我？别忘了你们都干了什么，我才是最遵纪守法的那一个吧？我所做的一切，不过是为了满足每个人藏在心里的那一点点不为人知的欲望。"

面对赤裸裸的威胁，许安格愕然地注视着堂弟，"你怎么变成了这样？"

这鄙夷的眼神也把Jonny激怒了，"你听说过狄俄尼索斯吗？"

"再来啊，你不是要跟我比画比画吗？"少年许安格轻蔑地看着被他打倒在地的堂弟，这家伙弄死了他的宠物金鱼，还不肯认错。

"别小看我，再过两年我就上中学了！"许安华挣扎起瘦小的身板，仍是不服地挑衅着。

"上了中学又怎么样?"

"上了中学我就跟你一样大了,到时候我再来收拾你!"

许安格被气笑了。拍视频的大人们也笑了。

而此时此刻,看视频的Jonny也笑了。他在自己的ego套装里插上了一个U盾,轻蔑地想着:你们就继续小看我吧,我可是替身洋子的造物主呢,来,让我再送你们一份大礼!

他的视界里浮现出一个举着葡萄酒杯的半卧位希腊雕像,那是酒与狂欢之神狄俄尼索斯,雕像的底座上写着:

欢迎回到暗网,说出你的愿望,凡乞求,必应允。

直播间里的猫娘犹在唱跳,粉丝群里有一个默默关注了二十年的ID提醒她注意沉浸时长。但粉丝们却不知道,沉浸舱里的洋子已经是一具尸体了,靠着许安格改良的常温玻璃化保存液,那张苏珊娜的脸仍旧鲜活而美丽,就像还活着一样。

Jonny希望堂哥的再生医学技术并不是吹牛。

"喊你娃去归元采风,没喊你把各人[1]也给搭进去!就你现在这副风都吹得跑的身板,哪个登台吗?"

团领导的批评像阳光一样刺眼,让老陈抬不起头来。

除了演戏,老陈也没别的手艺傍身,离开了舞台,他连非遗抢救保护的财政剩饭都吃不上了,所以就算被骂得狗血淋头,他也只能老老实实听着。

团领导骂过了瘾,放下手里的盖碗茶,好歹还是赏了他一口剩饭中的剩饭。他说那是团里守正创新、自主创研的现代新剧,让老

---

1. 川渝方言,指"自己"。

陈好好研究研究角色。

老陈还以为又是《川剧新编之名侦探柯蓝》之类的，细看才晓得，原来创作团队紧跟时事，把最近新闻里沸沸扬扬的归元主播谋杀案写成了剧本！

"那个叫马桂香的归元主播死得蹊跷，她在自己的沉浸舱里窒息而死。"团领导眉飞色舞地解释着。

"是故障，还是谋杀？"老陈问道。

"机子质检莫得问题，估计是谋杀。"

"哪个干的？人抓到没得？"

"不晓得，反正她的前夫，不对，是前前夫，已经被抓起来了。"

"这么恶毒？确定是他干的吗？"

"那马桂香的房间两个月都没得人进出，她一直'打起点滴'在搞直播，粉丝们都看到起的。直到前几天，她前前夫不晓得哪根筋没对，非要深更半夜翻窗子爬进去找她。他还狡辩说是前妻喊他去找她的，走拢就发现别个已经死了。你说嘛，不是他干的还能是哪个干的？你再看哈他那副老农民的脸嘛，哪点儿配得起别个美女主播？这两口子本来就有过节，还闹上过法院，这男的还有前科，这盘肯定是见色起意起了打猫儿心肠，我推测是别个马桂香不从，躲进了沉浸舱把自己反锁了，他打不开就起了杀心。"

"你硬是分析得头头是道哒，这下作案动机也有了得嘛。"

"虽然还没有官方的定论，但是《宋江杀惜》的桥段观众最爱看了，而且现在舆论高涨，为了满足观众，不管是不是他杀的，我们就写成是他杀咧！你就演那个老农民，好好揣摩一下角色，这出戏要尽快跟观众见面。"

团领导一声令下，堂鼓大锣哐啷作响，戏台上的梨园新枝们也

"现于面，发于声"地操练了起来，一时间富贵贫贱、痴疯病醉、喜怒哀乐，八形四状好不热闹。

"人真的不是我杀的！"看着审判长和庭内无数的摄像头，阿勇绝望而徒劳地申辩着，他想不通这样的冤屈为什么会无端降临在自己头上。这个可怜的老农民一审被判有罪，他将再次回到监狱里，等待他的或许是死刑。

屏幕另一边，看到这一幕的天赐正在向Jonny表达着感激和钦佩之情："许二叔，你太给力了！我们正担心虚拟替身瞒不了多久呢！"

"你二叔我要价虽高，但说到做到。"

Jonny毫不掩饰自己的骄傲，"我给你找了一个完美的替身，还顺带帮你除掉了'情敌'，你打算怎么感谢我啊？"

"我妈那样对你，你还能以德报怨，我简直不知道该怎么报答你了。"

"报答就不用了，谁叫我是你二叔呢。为了庆祝你成功脱罪，我再附赠你一个小礼物吧。"

Jonny的礼物是一个"完全私密"的叠梦，天赐接过秘钥时，Jonny的嘴角划过一丝不易察觉的诡笑。

接下来的日子里，作为归元服务商的MeshHub以低价出售了大量的ego套装和家用metainbot，借助这些混元设备，现实里也出现了越来越多的虚拟人口，他们的虚拟形象不仅会呈现在ego用户的视野里，还会通过metainbot实际加入现实的生活中去。

二元之争貌似进入了和平期，互相整合起来。但许安格知道，

metainbot 大量成为阿凡达以后，虚拟人口也就再也"没有必要"回到现实了，而现实人口也可以绕开归元，直接在混元里"享受"虚拟情绪了。

现实和虚拟的界限即将模糊，这便是自己昧了良心的代价。

剧场园子里仍然不算爆满，但《归元主播谋杀案》已经是近年来团里最卖座的剧目了，甚至让他们收获了不少二刷、三刷的粉丝。比如，那个坐姿端庄的姑娘，她更是一场都不落下。这不，今天她又来了，但她很奇怪，全程也不叫好，每次都是面无表情地端坐在那里。

一嗓子高腔亮相，丑角在中板鼓点中蹑蹑上台，老陈饰演的正是阿勇一角儿，台上的表演进入了最紧张的一幕——杀妻！

为了感谢那位铁杆粉丝的捧场，在表演到阿勇起杀心的情节时，老陈特地在她面前使用了吹面变脸的绝活，以烘托反派角色的凶狠毒辣。可那位女子仍然无动于衷。

被好奇心驱使，老陈下台时亲自上前征求她的观后感，她却漠然地摇摇头，并开始给他们的台本挑刺："阿勇这个人物，杀人动机不合理，不仅手段笨拙，事发后还是他主动报的警……总之，你们的剧本有些牵强，要不要再深挖一下事实？"

女子的话让老陈低头深思起来："如果我是阿勇，人不是我杀的，那……"

老陈突然觉得这位女子有些面熟，但就是记不起在哪里见过。"你是？"

当他抬起头时，那女子已经不见踪影。

神秘女子的话让老陈认真起来，他打开警方公布的案发现场的照片，角落里一束被遗弃的干花竟有些眼熟。他想起了那天的大芬，那天他看见一名青年男子走进了那栋榕厦，好像就是拿着这样的玫瑰。

一个想法在老陈心里慢慢成形，这起谋杀案的细节重组起来，竟然有着另一种可能。

老陈兴奋起来，这绝对是一个好点子，这样的剧情一定会大卖！

对于自己的推测，他并没有急着跟团领导沟通，而是掏出一个U盾，打开了一个卖梦的黑市网站。他在参加游行时认识了一些新朋友，那些人蒙着面，但敞着心，向他推荐了这个网站，并送给他这个哈希加密的密钥。

奇怪的是，这个盗版网站好像被盗版了，打开就是一个广告弹窗，弹窗里是一个醉汉的雕像，雕像的底座写着：

警告，你即将进入暗网，在这里，你将失去自我，得到终极的快乐。

"啥子钓鱼网站哦，还想骗老子！"老陈点击了退出，自然又是一个"确认退出吗"的弹窗。

这次老陈没有点击确认，因为弹窗的验证图形竟是一张人脸，拼图上赫然写着：这是你要找的人吗？

他一身冷汗下来，心想是见鬼了吗？

没错，那张脸他在整理剧本资料时见过！在整容之前，马桂香的脸原来如此平凡，怪不得自己记不住。

难不成，她真的复活了吗？

重 生

不知道过了多久，时间在这里模糊了意义。

猫娘一身和服，盘坐在一棵榕树之下，不远处是一只凯蒂猫雪人，耳边是她自己的歌声。

厚厚的积雪簇拥着她，但她不觉得冷，因为她没有灵魂，只剩下一段记忆。但这段记忆却有情绪。多金公子在风雪中现身时，她欢喜地上前拥抱，又温柔责备翘盼已久的情人："你终于来了，我没事可干，就在每一条时间线里观察这些雪花，可为什么它们只有那么几种形状？"

脱罪之后的天赐每天都泡在这个被雪雾包裹的狭小世界里。他对着猫娘泪流满面，"因为这是只属于我们的叠梦，现在没有谁能打扰我们了。"

猫娘说："我好无聊，你能送我一些其他形状的雪花吗？"

多金公子深情地应着："好啊，我让人多设计点。"

"啊，九色鹿！那也是你设计的吗？好漂亮！"

猫娘忽然睁大了双眼，指着远处一只五彩斑斓的野鹿惊呼。

多金公子诧异地远望。叠梦是用户记忆的再现，可自己的记忆里并没有这种东西，难道说，这是洋子的记忆？

一把长矛阴鸷地出现在他手里，"我来帮你猎它。"

"不要！"猫娘抱住他，"这么美好的东西，为什么要伤害它？"

怒火在多金公子的胸中蔓延，他一把推开猫娘，"你不是说你最喜欢的就是雪花吗？我给了你满世界的雪花，可那只Furry是从哪里冒出来的？"

猫娘有些卡顿地说："我想不起来了，也许是医院，对，每个人都是从医院冒出来的。"

"你这女人就连替身也是满口谎言的吗？信不信我再杀你一遍？"

多金公子狠狠掐住猫娘的脖子，直到她像素开始失真才罢手，"你好好在这儿待着，我去帮你回忆回忆！"

箭在弦上不得不发，他杀气腾腾地瞄准过去，跟一个3D模型较上了劲儿。他倒要看看，既然它对洋子如此重要，那到底是谁画的？

霎时，风雪大作阻挡了视线，这执拗的盲目掷矢偏了毫厘。九色鹿警觉起来，一个闪尾消失在迷雾深处。多金公子气急败坏地回望，一定是那个贱女人在动手脚！她竟如此维护那只九色鹿，究竟是藏着什么情史？

多金公子有的是"时间"。他把时间线往回拨，那只九色鹿就硬生生被他拉了回来。他狂笑着收回长矛，看你往哪里跑！

突然，雪雾里杀出一袭暗影，一头鹰翼狮身的怪兽径直吃掉了那只九色鹿。

"什么东西？"多金公子惊问道，这怪物明显不属于他的叠梦。

"和你一样，早晨用四条腿走路，中午用两条腿走路，晚上用三条腿走路，现在却再也不用走路了，你说我是什么？"

鹰翼下露出了一张人脸，它戏谑地笑着："过去是记忆，未来是想象，现在是意识。叠梦里的场景是根据用户的想象和记忆加工创造出来的，多维空间里，时间戳不再能限制数据的唯一性，但这并不意味着你可以随意篡改，因为版权限制了你的想象力，你只能做自己的梦，不能盗用别人的梦。这个梦是洋子的，好在她已经死了，没有意识，没有现在，也没人找你维权了。"

"我的叠梦是私链，你怎么会出现在这里？"

多金公子显然认出了对方，有些不高兴。对方却调侃道："我们的天赐少爷还真是天真，世上既然没有不透风的墙，又哪有绝对的隐私？要说数据挖掘技术哪家强，你许二叔我可最在行。不仅是那个数字猫娘，整个叠梦都是我的造物，我就是这个世界的神啊！"

"你敢留后门？谁叫你进入我的叠梦的？"

"你可别误会，我对你的隐私一点兴趣也没有。只是现在你这个多金公子可不再多金了，成天泡在我这里，你欠的可不少了。"

"我妈会给你钱的！"

"你妈的钱都被你败光了。我也是受我哥的委托，来叫你起床的。"

雪雾散去，怪兽的嘴脸一清二楚，Jonny用的是自己的天然形象。他觉得那张狡黠的脸最适合他现在的心情，胜过任何虚拟形象。猫娘的傀儡还乖乖待在雪地里，他看着它不吝嘲讽："哟，看看，这条时间线多浪漫啊，我们的俄狄浦斯王不仅多金还很多情呢！哦，我忘了，这不是我前妻吗？我是不是应该告诉她，是你杀了她？"

多金公子一记长矛洞穿了Jonny的胸膛，后者滑稽地盯着那支矛，故意扮出夸张的死状，脸上还来回切换着苏珊娜以及洋子的面孔贴图，他龇牙咧嘴地表演道："天赐，你许二叔死了，现在没人救得了你了！"

多金公子气得胸口发紧，呼吸困难。不知为什么，他现在越来越容易被激怒。

天赐从"罐头"里醒来，是许安格给他断了氧，把他逼了回去。

《虚拟情绪管理办法》已经试行，叠梦和emoji情绪的用户如果超过二十四小时没有主动生物反馈，ego有权将其强行唤醒。

这是海子的努力，他再次为现实对抗虚拟做出了巨大贡献。

由此，混元与归元开始了第二次交锋。

虚拟世界打着归元反哺现实的旗号，与混元争夺中间用户。归元里出现了大量现实世界的形象，混元里也频繁出现虚拟世界的人物和设定；混元里每天都有人因为习惯了归元的物理规律而发生意外，归元里又很多用户因为舍不得自己在虚拟世界里辛苦打拼的事业和社会地位，而选择放弃现实里的家庭关系；两个世界的人之间长幼无序、人伦失常、阶级颠倒、秩序混乱，他们如人格分裂一般地往返于现实和虚拟之间。很多人甚至妄想对方世界不怀好意，无时无刻不在监视或控制着自己。

二元之争怪象频出，某种精神疾病已经悄然蔓延，人们却视若无睹。

梨园里恢复了往日的清净，在这个信息过载的时代，任何热榜话题都会很快消失在公众视野里，《归元主播谋杀案》自然也是门庭冷落车马稀了。

"看看你把这出戏改成什么样子了？作为真凶的那个神秘男子到底什么身份，到最后也没给观众一个交代！"团领导把责任推在老陈身上，打发他再去归元里收集一点素材。

老陈不服，说这个案子真相存疑，不能胡编乱造。团领导说：

"戏台子上，谁会较这个真儿？再说，这案子判都判了，存疑个屁！"老陈说："暗网上可不是楞个说的，万一是搞错了，别个冤魂不散要来找你哦。"团领导打断他说："啥子暗网？欸，你是不是又在上啥子非法网站？你莫在单位上搞那些封建迷信哈！"老陈说："你不要不相信，我是真的看到那个人的冤魂了的，不是变脸变的。"

一听这话，团领导就不得不对他开展一番严肃的政治思想教育了。其实也就说了他两句，结果老陈就杠了起来，末了还要撂挑子走人。

"你现在是越来越有脾气了哈！你不干了，拿啥子养活自己啊？又跑去卖梦？"团领导冲着老陈的背影威胁道。

"不，是卖脑力！"老陈拍拍自己的后脑勺，头也不回地走了。

暗网给老陈推荐了一笔"特别划算"的买卖，那是MeshHub的一项最新的促销计划，叫"算力换情绪"。有了这个计划，他再也不用操心沉浸的费用了。

"丧心病狂！"

MeshHub的新计划让海子彻底愤怒了。"算力换情绪"的协议让大批的用户沉浸在emoji里乐不思蜀，而他们海量的生物计算潜力正被MeshHub攫取。

"我真是低估了人类，继放弃梦想之后，连情绪的自主性他们也要放弃？沉浸在虚拟的情绪里，他们将彻底失去所有的创造力。MeshHub那帮人应当受到法律的制裁和良心的谴责！"

面对老同学的泣血控诉，许安格也只能无奈地表示自己也管不住堂弟，"毕竟他们并没犯法，我们也无可奈何。"

海子限制了虚拟情绪数据库的下载权限，一直以来它都是免费开放的。他说："对人类而言，情绪不是目的，而是实现目的的工具。人之所以为人，是由其目的决定的。归元人类忘记了自己的目的，也就丢失了最基本的人格，彻底退化为情绪的奴隶。现在，我至少得让滥用者们付出一点版权代价。"

许安格突然想到了天赐，"我得去找天赐，最近他总是跟Jonny混在一起，迟早要出事。"

天赐再次来到大芬，榕厦的凶宅里已是空空如也，已经没有人关心屋主的死因了。

林女士限制天赐进入归元后，他就成天往他许二叔那里跑。死里逃生的他可没空反躬自省，一门心思只惦记着叠梦里的醉生梦死。在那里，他仍然可以体面得像个一掷千金的公子，任性地挥霍金钱与生命。

"我送你的成人用品还好用吧？"Jonny戏谑着天赐，为他准备了一份协议。

"什么成人用品？"天赐被问得一头雾水。

"数字洋子啊！"

面对许二叔的调侃，天赐也是敢怒不敢言，他还需要许二叔给他的黄金会员待遇。

他强忍厌恶，跟他签下了那份协议。消费被父母限制后，他宁可出卖自己真实的算力去交换虚幻的麻醉。

Jonny亲自为他调试着VIP沉浸舱，阴阳怪气地嘲讽道："你最好把它销毁了，可别让它泄露了天机。"

天赐一刻也不想再听到他的唠叨，迫不及待泡进了罐头，"只要你不来打扰我，就没人能破坏我的美梦。"

在天赐睡着之前，Jonny继续着他的絮叨，"那可说不定！现实和虚拟的界限正在模糊，万一像科幻片里演的一样，虚拟侵入了现实，从而打开了平行宇宙，人们看到了另一个时间线里的洋子……"

看着沉睡过去的天赐，Jonny沉下了脸。

"那只九色鹿呢？"

多金公子踏雪而来，猫娘仍然在那棵榕树下等他。那些气生根千丝万缕，柔若无骨地垂在她身旁，就像长进了她的身体。雪景已逐渐涣散，可枝叶上仍然结着冰晶。猫娘抬起头来，却是洋子本来的脸。多金公子吓了一跳，他侧过脸去不敢正视。

"为什么用这张脸？"

"这就是我的脸啊。"

洋子坐在一张茶艺桌旁，轻抚着一把尤克里里，那旋律天赐从未听过，应该是来自洋子的回忆。她说："倒是你，第一次见面就说这么奇怪的话，是邵夫人让你来找我签代孕合同的吧？"

洋子不认识自己？这让天赐觉得奇怪。他在自己的包里一通捣鼓，果然翻出了一本协议。他明白了，这真是另一个时间线里的洋子。

天赐想起了许二叔的话，叠梦会自动捕捉用户的心理现象以造梦，而以太的堆叠本就是多维的，叠梦里既然可以操作时间线，那产生平行宇宙也没什么大惊小怪的。只是洋子的记忆也太顽皮了，竟自作主张回到了天赐还没出生之前。天赐笑了笑，这样也好，在这条时间线里，我们还没有相遇，我们还有机会。

于是他撕掉了那本协议，柔声说道："我有一张双S级的脸送给你，叫苏珊娜，你想试试吗？"

洋子没有回答，只是疑惑地看着他，"我好像在哪里见过你？"

天赐不由开怀，"我就是你未来的丈夫。"洋子也笑了，"你来自未来？怎么可能？"天赐便为她调出一张猫娘的脸说，这是你以后画的。她问他，以后的我们怎么了？他说："很幸福。"

说这话时，他的内心柔软得像那些气生根，而一只九色鹿从他身后一跃而过。

天赐从叠梦里醒来就是破口大骂："为什么又给我断氧，我不想醒来！"

在叠梦的时间里倍速飞奔，他陪洋子整容，陪她开创事业，和她组建家庭，享受着天伦之乐……他不想回到这个支离破碎的现实世界。

Jonny劝他说，过度沉浸叠梦会导致分不清现实和虚拟的。天赐说分不清更好，他不管不顾地要求麻醉师加大剂量。Jonny可不会惯着他，直接把他给撵了出去。

大芬的街道上也没个人，只有瘿花酒吧还热闹着。天赐骂骂咧咧地寻摸着，也不知该去哪儿找乐，索性就跟着酒神去狂欢吧，继续逃避现实。

清酒本就不醉人，一嗓子熟悉的歌声更是让天赐清醒。舞台上弹唱的正是洋子本人，她一袭和服裹身，像直播间里那样唱着。

原来这还是在叠梦里，他不由自嘲地笑了笑。

尽管如此，当几个太保来寻衅滋事找洋子麻烦时，天赐还是豪气云天地入了戏。他碎开酒瓶，轻松解决了这几个"NPC"。英雄救美任务完成，美人却不见了去向，歌声又从二楼的窗边传来。

他痴痴地看上去，这大热的天气里，那榕树的枝叶上竟氤氲着雪花，并因此厚重地耷拉着。这异象时刻提醒着他仍身在叠梦，这一切都是假的。可他偏不这么认为，在他看来，此情此景正是洋子幸福的心情在叠梦里呈现的具象，所以那就是她真实的情绪。

他循声上楼，洋子正在那扇木门后等他。天赐兴奋地踢着门，让洋子给他开门。

"是谁在敲门？"门后传来了洋子的声音。

"我是天赐，你的天赐，你快开门啊。"

"天赐又是谁？"洋子奇怪地问。

天赐明白了，自己撕毁了代孕协议，已经从这条时间线里消失，洋子的记忆已经被打乱，不再认得自己。

对于洋子的问题，天赐也不知道该怎么回答，因为他发现自己也搞不清楚，对于洋子来说，自己究竟是她的情人还是她的儿子？

洋子却好像明白过来，"哦，你是阿勇吧，谢谢你的关心，我未婚夫会保护我的。"

在天赐的疑惑中，门开了一条缝，门后浮现出一袭人影，室内光线昏暗，只辨得出衣服上的七龙珠。不好，一股惊悚感袭来，天赐认出这正是他们的那条时间线，也就是说，洋子正在回忆自己被害的场景！

明知是叠梦，可恐惧真实地笼罩了他。他不想回忆起那些事，他得阻止它发生！

"快跑，这个人会杀了你的！"

天赐力弱推不开门，只能隔着门缝冲着屋里大喊。沉浸舱里的洋子却扑哧一声笑了，"你在说什么呢？这是我未婚夫，他怎么会杀了我啊？我才刚刚苏醒，就不请你进来坐了。"

木门重新合上，天赐急得手足无措。他想先下手为强，杀了那个混蛋，可他竟召唤不出任何破门武器，哪怕是一把次世代建模的钥匙，也许是过久的沉浸导致了建模故障。他只好拍着门苦求洋子，让她务必相信自己："因为我就是你的未婚夫，在我的时间线里，就是我杀了你啊！"

屋里顿时没了声音，瘆人的安静之后，洋子的声音再次响起：

"天赐，你在干什么？快放我出去，我出不了气了……天赐，救我！"

那急促的闷响想必是洋子在捶打舱门，一声声绝望的求救让天赐头皮发麻。他抬起不住发颤的双手努力做出了"检修建模BUG"的手势命令，那该死的许二叔，他一定又偷工减料了！

也许是叠梦的自检成功，木门听从他的意志打开了，可是为时已晚……

玫瑰花摆在舱盖上面，像是一场祭奠。沉浸舱里已经没了动静，另一个自己正蜷缩在一旁，惊慌失措地打电话求助。

天赐颓废地跪倒在舱边，他做出手势命令把时间线往回拨。可舱门忽然打开了，里面伸出了一只手，它抓住了天赐，也打断了时间线的倒退。洋子重新睁开双眼，如鬼魅般问着："也就是说，真的是你杀了我？"

"对不起，对不起。"天赐抱着洋子痛哭流涕。

"那你说说看，你是怎么杀死我的？"洋子面无表情，是她本来的模样。

"天赐呢？"

大芬的MeshHub里，许安格找堂弟兴师问罪。后者看着空空的

VIP沉浸舱，轻描淡写地说道："账户透支，被我撵出去了。"

许安格奔出门外，不远处的巨树下一片骚动，明晃晃的警车严阵以待。

"原来如此，既然你认罪了，那就跟我们走吧。"洋子推开天赐说。

"什，什么意思啊？洋子？"天赐意识到不对劲。

"我不是洋子，我们观察你很久了。"对方一脸肃正地说。

天赐赶紧扫描起对方的ID，显示的竟是"不公开"。虚拟形象的身份信息应该是"空值"，"不公开"表示她是真人！

天赐大惊失色，"你是谁？怎么会在我的叠梦里？"

洋子开放了ID查看权限，"你再试试？"

天赐不可置信地审视着这个ID，它显示的竟是"刑侦大队二级警员饶伊琳（行政链ID认证）"。

警方介入了他的叠梦调查取证。是的，只有穷举法量子攻链能破解自己私链叠梦的哈希值，而能够调动高于4000比特的量子计算资源的，怕也只有公安机关了。之前那只九色鹿，那个许二叔，还有现在这个案发现场……恐怕都是警方的安排。他不知什么时候露出的马脚，也不知从什么时候起，自己的叠梦竟被警方周密地部署起来。

可叠梦是受隐私权保护的，他肆无忌惮地狂笑起来："我承认了又怎么样？你们取证途径不合法，我可以申请非法证据排除程序！"

"可这里就是现实世界啊。"饶警员冷静地说道，"你是在现实世界认的罪。"

天赐的笑容瞬间僵硬，他嗅到了危险的味道。他在脸上一通摸索，竟摘下了一副隐形 AR 眼镜。天赐怔住了，自己从沉浸舱里醒来怎么会戴着 AR 眼镜？

ego 的操作界面已经消失于视野，可这个世界并没有随之消失，烈日暴晒的枝头依然挂着雪花，那饶警员也还是洋子的模样……这明明还是在归元里，一定是警察在使诈！

"磷酸二氢钾，中学化学。"饶警员捻了一指头人造雪花。她注视着这位沉迷于虚幻的人，眼神怜悯而轻蔑，"并不是虚拟世界才能六月飞雪，现实世界一样可以产生奇迹。"

"那也不可能，如果这是现实，你怎么可能长得跟她一模一样！"

天赐恼羞成怒地向饶伊琳扑杀过去，扬言要撕下她的"面具"，可一声枪响制止了他的猖狂。警用麻醉弹真真实实地打在了他的肉体上，扮演多金公子的那位男警员没有犹豫，他的虚拟形象已然消失，露出的真容陌生而威严。

"难道真实和虚拟真的掺杂了起来？亦真亦假……"

昏迷之前，天赐这样想着。随后，他听到了饶警员的解释：

"因为我是她的亲生女儿啊。"

涅槃

"好好的一条生命，为什么说不要就不要了呢？"

饶医生不无惋惜地对马桂香说。她当初应老同学许安格的请求，为马桂香联系了海外代孕，并护送这"娘俩"回国。在她的印象里，马桂香应该会是一个充满爱心的母亲，所以自己才会给她留下了联系方式。可没想到时隔多年，她改换了容颜，性情大变，联系自己的第一件事，竟是要打掉她的亲生骨肉。

饶医生劝她想清楚，孩子都快满二十八周了。马桂香说："孩子的父亲坐牢了，我没有能力抚养孩子长大，我也不认识其他医生，您一定得帮我这个忙！"

饶医生无可奈何，吩咐助产士准备氯化钾和缩宫素。她得抓紧，二十八周以后的人工流产是非法的。

可孩子娩出时却是有心跳的。新来的助产士在胎心注射时错拿了氯化钠，也没有好好按流程监测胎心。孩子的Apgar[1]评分很差，可他们已经无权决定孩子的生死了。

"是一个女孩儿。"饶医生满心愧疚地对马桂香说道。

马桂香似乎有些触动。女儿被送进了恒温保育箱，她甚至没来得及喂女儿一口奶，只是匆匆为她裹上了一床印有九色鹿的襁褓，然后隔着有机玻璃，看着这个卡通图案发呆。

饶医生对马桂香说："如此早产的胎儿，基本是没有希望的。"

这话说在眼下的情景竟像一种安慰，因为此刻马桂香的心里是无比复杂的，她知道女儿正在挣扎求生，但她不希望这个小生命活下来。

为了补偿马桂香，饶医生推荐她加入自己"利用人造子宫抢救早产儿"的临床试验。

---

1. Apgar是肤色(appearance)、心率(pulse)、对刺激的反应(grimace)、肌张力(activity)和呼吸(respiration)五个英文单词的首字母组合。Apgar评分是我国绝大部分医院都采用的、对新生儿器官系统的生理指标和生命素质进行评分的方法。

"技术还不成熟，目前的成功率几乎为零。如果你愿意让孩子成为受试者的话，可以得到一笔不菲的补偿，也算是给她一次机会。"

有了这笔钱，马桂香就能租用得起苏珊娜的商业使用权了。她几乎没怎么犹豫，就在那张临床试验协议上签了字。反正是要死的，她要让这个短命女儿在死前为母亲发挥最后一丝余热。她拿到了钱，命令自己忘了悲伤，很快就憧憬起新生活来。

原以为十号试验儿和前面九个一样坚持不了多久，可她的生命力是如此顽强，日子一天天过去，她竟然坚持了下来，眼见快要足月，马桂香慌了。

饶医生却欣喜若狂，带她去探望人造子宫里的女儿，她说试验成功了，给女儿起个名字吧！

马桂香看着塑料袋里的那团丑陋无比的肉疙瘩直犯恶心，根本激不起一丁点的母爱，那眼神就跟邵夫人第一次见到儿子时一样。

饶医生安慰她："没关系，慢慢建立感情。"

可是马桂香夺门而出，说要去监狱探望前夫，就再也没回来过。

马桂香失联，助产士慌了，问饶医生怎么办？还六神无主地嚷嚷道，当初就不该为了样本量，替换掉那支氯化钾！

饶医生长叹一声，说好歹是一条生命，而万物即将归元，每一条生命都很珍贵。

助产士知道，人造子宫在和归元赛跑，这关系着人类的未来，而她们离胜利又近了一步。

饶医生怜悯地看着马桂香的弃婴，为她取名为"伊琳"，以纪念她的九死一生。

伊琳就在医院里健康地长大，饶医生把她当做自己的作品百般呵护，伊琳叫她"妈妈"。

长大后，饶伊琳考上了警校。

寥落的大芬街道，又是一年花絮飘飞，阿勇仍旧以经营那家旧画廊为生。

他雇不起画工，就自己画，事多钱少不论，挣多少都是自己的。区块链为艺术市场提供了最真实的价格参考，他的自由创造不再被剥削。他年纪大了，却始终一个人，就靠一台老式的metainbot帮衬着。有人给他介绍老伴，可女方不是嫌他老，就是嫌他坐过牢。

今天，他的画廊来了一位不速之客，一身警服英姿飒爽，逆光里看不清面容。

她问他，你就是那个李志勇？阿勇不回答，反问她是要买画吗？她说她只是来找画师。阿勇说："以前也有个姓谷的先生来找画师，然后我就稀里糊涂坐了牢。"

"那就帮我画张像吧。"

说完她就往后退着，直到把春光让到自己脸上，直到退入那棵老榕树下。她就站在那里，一丝不苟地融入了画里，像极了当年的洋子。阿勇被眼前这一幕瞬间锁住，正正拿起的猪鬃开始发抖，那幅画早就烂熟于心，可他根本不能落笔。他哽咽说："你的画我画不了，会要了我的老命。"

"那就聊会儿天吧。"她又从画里向他走来。

阿勇哆嗦出一根烟，不知道该不该点。她给他点上，又说："我是当了警察，才找到你的。没想到你还在。"

"对不起，我不知道有你……"阿勇的老脸上抽搐着，浑浊的老泪在皱纹里淌得发亮。

"我不怪你，我的身世自己也知道。养母对我视同己出，可是你坐了牢，她找不到你。"

"好得很，好得很！"阿勇说着。

"好得很？你就没有其他要对我说的吗？"

"以后有空，能常来看看我吗？不，也不用经常，不会耽误你太多时间，我……我就想给你画张画像。"

"你听着，我对你没有什么感情。"她突然起身，掐灭了老父亲的烟，后者的神情也随之黯淡下去。她又侧身背对他说："但我可以搬过来，试着培养一下。"

"好得很，好得很！"阿勇像筛子一样发抖，"你叫什么名字？"

"饶……不，李伊琳。"

那个女人又来了，她时不时就会回到这里，躲在二楼的窗边窥视。伊琳知道她是谁。

她觉得这个女人很可笑，不想跟她有什么瓜葛，也不希望她再来打扰父亲的生活。

于是她端来早餐，挡住了父亲的视线。

女人隐入了那棵榕树，好得很，还有点自知之明。伊琳想起了榕树绞杀的习性，忍不住咒她找根树枝绞死自己最好！

父亲推开空碗，拿起画笔说："知道我为什么总是画着那幢树屋吗？"

"我要去加班了，据说又有游行。"伊琳接过碗筷在街沿上冲洗着。

"因为我知道她就在那里。"父亲仍在自说自话。

伊琳的手上不动了。

"我知道你也知道，她没事就会回来。去见一面吧，毕竟是你亲妈。"

伊琳的手上又忙活起来。

"你怎么不去见？"

伊琳嗤之以鼻，在她心里，饶医生才是她的亲妈。

可事实上，伊琳并没有嘴上那么坚硬。不久前，也是利用职务之便，她查到那女人在归元里申请了虚婚。为了能顺利跟生母相认，她特地拉着养母去虚拟民政局堵门，还不顾养母的身材焦虑，逼着她使用真实形象。

伊琳捧着康乃馨等着，可那个女人出现时竟是一张让人哭笑不得的猫脸。

她的目光跳过了自己，对于这张一模一样的脸，她竟然视而不见，还跟着另一个Furry迫不及待地奔向了民政局。

伊琳觉得自己傻透了。

那个女人不常下楼，但每次起床都会去健身。这次她好几天没出门了，伊琳知道，归元要停摆了，她在抢直播时间。

"看吧，来了，那个小伙就是来找她的。他上去之后，护士们就下来了，可她还是没有出门。不管在哪个世界，她就是不能没有男人！"

伊琳用专业的余光打量着对面的巨树，不留口德地挤兑着可怜又可笑的老父亲。后者收拾着画廊，悻悻地拉上卷帘门，解嘲般说道："是啊，又来了，游行的人群。"

关上门吃饭，伊琳劝父亲："把画廊盘出去吧，现在外面挺乱的，你年纪大了就别瞎折腾了，反正也不挣钱。"

阿勇说："谁说不挣钱？区块链上的艺术品不可盗版，我的原创少，但打上时间戳后，都是独一份。我之前为邵氏设计的一些风景元素，据说也被挪用在了叠梦里。我也就是没空，不然告他们侵权，可以讹他们一大笔呢！"

对于父亲的自吹自擂，伊琳只笑了笑，然后就不再多劝。她知道，父亲闲着也是闲着，留在这里也就是留个念想。

阿勇却突然抬起头来说，归元已经停摆了，她怎么还不出来？外面那么乱，你说她会不会出事了？伊琳白了他一眼，不想说话。阿勇还是不放心，说刚才那个后生仔面带戾气，怕生出什么事端，我得过去看看。伊琳让他歇着吧，人家现在正快活得很，你吃你自己的饭吧！

阿勇不说话了，一屋子的喉咙声。阿勇很快便说饱了，伊琳就去洗碗。洗的时候有些心不在焉，免不了磕磕碰碰，碗碎的声音混入了街上的嘈杂。

她出去时，父亲已经不见了踪影，伊琳知道他干什么去了。

他想让那个女人知道，自己有个女儿。

洋子这次好几个月没出门了，只看得见护理人员忙进忙出，想必是她的那个小男友安排的。

猫娘还是每天在直播间里活跃着，阿勇只能作为粉丝发送着善意的提醒。每次收到这样的提醒，猫娘也只是以一句机械的"谢谢"回复着，多少有些敷衍。

这让阿勇有些不适应，记忆中她从来不会对自己说谢谢，但是今天她说了，敲门那天她也说了。阿勇知道，礼貌意味着生疏，洋子和自己应该是再也回不去了。

只是可怜了伊琳这孩子。

可事情的转机似乎就出现在这个晚上，直播快要结束时，洋子竟主动给自己发来私信，邀请他去对面楼上聊聊，"那天你来找我，不是说有很重要的事要告诉我吗?"

今天没准是个好日子，他也许可以心想事成。

这扇老旧的木门并没有加入物联系统，需要等洋子"起床"开门。

阿勇候在门外，心情紧张起来。这么多年过去了，我们是应该好好谈谈了，关于我们之间的误会，关于我们的女儿。

阿勇是按时赴约的，直播间的猫娘却迟迟没有要下播的迹象，似乎忘了自己有约在身。阿勇很奇怪，试探着敲了敲门，门里竟传来了异样的回应，"阿勇救我!"

同时，猫娘的直播间里也是一片骚乱，主播竟向粉丝们发出救命的信号，并公开了她在现实世界中的定位。她说不知为何，自己出不了气了，看样子不像是在开玩笑。

"沉浸舱出故障了!"屋里的求救声嗡嗡作响。

阿勇大惊失色，但这间老屋的结构对于阿勇来说，可谓是轻车熟路。以前也有忘带钥匙的时候，打不开房门可难不住他，只是现在这把年纪，飞檐走壁确实有些吃力。也许就是手迟脚钝耽搁了那么一小会儿，当他拼尽老命成功翻窗入室时，沉浸舱的心电监护已经是一条直线了。

事发突然，阿勇不敢相信这是真的，他一边呼救一边徒劳地撬动着舱门。

一些收到猫娘求救的粉丝很快向这栋榕厦聚来，警察也闻讯而至。

洋子的尸体被赤身打捞出来时，那张苏珊娜的面孔依然鲜活。

没人发现她已经死了很久了，就连法医也没发现破绽，许安格的组织保存技术果然没有吹牛。

阿勇被伊琳的同事们带走了，伊琳向队长求情，说自己的父亲不可能杀人。

队长无奈地告诉她，所有的证据都对他不利，案发时只有他在现场，而马桂香是在直播时断的气，好几万粉丝都眼睁睁地看着，社会影响极其恶劣。

没人相信父亲是无辜的，就连台上的戏都是这么演的。

伊琳孤零零地坐在戏园子里，现在的她又是孤儿一个了。

台上的嬉笑怒骂，她只漠然地看着，一遍又一遍。就算全世界都认定了父亲是个杀人犯，她也会毫无保留地选择相信他。

可我要拿什么来拯救你？我的父亲。

台上的"阿勇"拔掉了沉浸舱的氧气管，转身时似乎刻意地面向了自己，突然一个回脸的绝技，丑角变成了小生，那脸谱下的真凶分明是一个青年男子！

伊琳惊得站起身来。

剧本改了？

天赐正在对猫娘施暴，这不是第一次了，他越来越易怒。

伊琳躲在每一片雪花里窥视着他的幻梦，对于洋子的死，她已经心里有数。

好几次她差点意气用事，为了这个没有灵魂的AI暴露自己的存在。但父亲还身陷囹圄，在取得合法证据前，她还不能打草惊蛇。

"叠梦盗用了我的雪花模型，它们的版权属于我，自从邵氏易主，所有人都忘了这一点，但时间戳还记得，并且不可篡改。"她想起父亲曾这样说过。

那些雪花成了叠梦的漏洞，现在也成了她拯救父亲于奇冤的最后一丝希望。

队长本不同意伊琳参与接下来的诱捕行动，说她和涉案人有血缘关系，应该回避。但伊琳却坚持说这正是破案的便利条件，因为她长着那个女人的脸，要让嫌疑人在现实世界里认罪，这张脸可以大做文章。队长说，你不是讨厌那个女人吗？伊琳说，看到那只九色鹿之后，也就没那么怨恨了。

那个叠梦里有一只九色鹿，伊琳意外发现它时心里五味杂陈。她知道那是洋子深藏心底的惦记，即便死后也留在了数字孪生体的记忆里。

这并不足以打消伊琳的积怨，可直到天赐追杀九色鹿时，那只猫娘竟本能地扬起风雪为它掩护……

这一幕让伊琳百感交集，以至于差点冲动出手去干扰时间线，阻止天赐的暴虐行径。好在一个人面狮身的神秘ID及时出现，打断了她的鲁莽。

那个ID张扬跋扈，并不掩饰身份。他发现了她的存在却也不露声色，还向她抛来了橄榄枝。

警车带走了天赐，他终于被绳之以法，而他的父母和ego的许总也将面临"包庇"的指控。

　　许安格不知道是哪里出了纰漏，也不知该如何面对天赐的父母，他只是打了个电话。得到这个消息，邵先生只是沉默，林女士那头则是哭天抢地。

　　此案过后，ego 的信用形象一落千丈，被征信系统列为重点监察对象。ego 和归元两败俱伤，只有 MeshHub 成了最大的赢家。

　　Jonny 把警方的感谢信藏了起来，他还向家里人炫耀："我哥又怎么了？不过是早我两年出生，多读了几年书而已。看被你们捧得，都分不清是非了……看看他干的好事，这次要不是被人举报，还不知道他要干出什么出格的事儿来呢！"视频那头，高寿的爷爷已是气得不住咳嗽。

　　挂断视频连线后，Jonny 再次打开了"暗网"，感谢幕后英雄们长期以来的帮助。

　　过去的这段时间里，"暗网"不仅从官方情绪数据库中为自己解密了大量的虚拟情绪数据，还为他的 emoji 业务制定了"算力换情绪"这一突破性的商业策略。这次算计堂兄和老东家，"暗网"也帮着他制造舆论、煽动情绪，可算是居功至伟。

　　他想问问对面的大神们都是些什么人，可对方却只告诉他说：

　　"我们不是某个节点，也不是某个具体的个体，我们是某种分布式的群体意识的集合，很高兴你能加入我们。"

　　"那合作这么久了，你们需要什么样的回报呢？"

　　"你已经回报了。"

　　归元主播谋杀案的反转再次戳到了公众和媒体的兴奋点。

　　审判庭的旁听席上，人们对着天赐指指点点，所幸这段不伦之恋未能圆满，这让他们着实松了一口气，就像跟他们有着莫大关系似的。

　　许安格和邵先生端坐其间，甚至连林女士也亲自列席，她虚弱地挂在 ego 外骨架里，大口地吸着氧。

　　天赐侧眼看着他们，越看越觉得讽刺。不管是毕业典礼，还是生日派对，他们从没有出席得如此齐整。

　　在庭审过程中，天赐一直强调着自己对洋子的"爱"，辩称自己只是在极端情形下激情杀人。但在伊琳看来，他爱的不过是一种"爱她"的情绪。

　　由于在诱捕过程中，天赐表现了一定的忏悔行为，而被免于死刑。他还被虚拟心理学组的专家鉴定为人格障碍和归元后遗症，这又使得量刑上存在一定困难。好在不久前，MeshHub 的一项新的虚拟业务获得了审批，刚好可以解决公诉人现在面临的量刑难题。

　　这是基于 emoji 技术开发的一种富有想象力的刑罚方式，叫作虚拟情绪监狱。

永　生

　　天赐身处于一个一维世界，这里没有光，没有声音。他没有外部感觉，没有思维，也没有意志过程，只有一种悔恨的情绪围绕着他，折磨着他，挥之不去。这种情绪的强度不断地涌起，又总是在让人崩溃的边缘回落，周而复始，直到罪犯能在苏醒时，自觉地将这种惩罚性的情绪和自己的犯罪行为联系起来。

　　倏地，悔恨的情绪收敛起来，自主意识重新回归，天赐可以开始分析和反省了。这次，他发现自己身处一个官方的叠梦场景。他知道，这是一次私密的探视。

这酷刑比起死刑，简直有过之而无不及。

天赐求母亲救他，他哭诉说下一轮情绪教育是恐惧和敬畏，自己将生不如死。

林女士也泣不成声，"妈没这个本事解救现实监狱中的你，但会试着让你的情绪越狱。"天赐随即觉察到母亲正在向他传递一串哈希加密的自组织数据包，母亲示意他不要声张，"这是用来覆盖负性情绪的幸福感，它会在emoji里自动复制，而你会一辈子生活在幸福当中。我们陪不了你了，但它会代替我们，补偿我们欠你的陪伴。"

天赐笑了，他知道这种虚拟幸福感其实是一种数字毒品，可他现在需要的就是它。

"知道我跟你们最大的不同是什么吗？那就是我从没有沉迷于虚拟世界。"Jonny高傲地向他VR里的林女士宣称，"AI的高度发展催生了一个新的无用阶层——绝大多数人不需要工作，只需要娱乐就可以养活自己。对社会来说，他们既没有经济价值，也没有享受政治权利的必要，他们存在的唯一价值就是他们闲置的脑力。那些虚拟人口只是我圈养起来为我提供算力的'肉机'。我为他们提供虚拟情绪，他们支付给我闲置的脑力。这就是emoji的伟大之处！"

"我不管你怎么想，也不管什么方式，你一定要帮助天赐越狱。虚拟情绪监狱使用的是emoji的底层技术，你一定留了后门！"

林女士已是无计可施，才不得不厚着脸皮再次联系Jonny。

"这种话可不敢乱说，我怎么会干这种违法乱纪的事儿呢？"Jonny

狡黠地说道。

"这次你要多少?"

"现在你还有多少……"

林女士从悲恸中醒来,邵先生和许安格已在舱外等候多时。为了拯救天赐,她变卖了所有的面孔,只留下原本这张平平无奇的真容。她已经不名一文了,但回到了前夫和朋友的身边。

前夫劝慰她说:"天赐也算罪有应得,我们不能一错再错了。"

可怜的母亲却无奈地摇头,她已经赌上一切和恶魔达成了最后一次交易。

ego总部的顶层是360°落地玻璃,从这里打量整座城市,就像是带着一副巨型的AR眼镜,不远处的市政广场上人来人往,众生百态尽收眼底。

缴纳了巨额的罚金,接受了严厉的行政处罚,ego总算还是稳住了脚跟。海子给老同学传达了行政决议,希望他能吸取教训。

许安格一脸愧意,但他知道,海子亲身造访,绝不仅仅是来教训他的,他一定又是无事不登三宝殿。

"那个川剧演员,又开始演戏了。"海子忧虑地说。

"这不是好事吗?"

"不是,"海子说,"我联系了很多失访的老病号,也和他一样,自然恢复了社会功能。"

"难不成你在担心自己的饭碗?"许安格不由乐了。

"你不明白,"海子说,"那种程度的情绪障碍是很难自愈的,他们是使用了虚拟情绪。"

"那也不是什么坏事啊,跟情绪药物是一个道理。"

"没那么简单，他们的康复恐怕只是假象。在治疗情绪障碍患者的过程中，我们往往是以心理治疗为主，药物治疗为辅，你知道这是为什么吗？"海子说，"心理健康是以现实适应性为标准的，而每一种情绪都有各自对应的社会任务，即便是负性情绪。恐惧让我们远离危险，焦虑让我们居安思危，无聊让我们奋发进取，失落让我们摒弃懒惰，但虚拟情绪却没有这样的现实目的，它并不会增加人们的社会适应性和响应现实的效能感，它唯一的作用就是带来毫无目的的快感。"

"所以，从归元到叠梦，再到虚拟情绪，我们又再次回到了成瘾性的问题上来了？"许安格问道。

"成瘾毕竟只是个人的问题，其社会危害性还算局限。我担心的是心理卫生公共事件。"

"公共事件？难道情绪障碍也能传染？"许安格不禁愕然，他从没听说过，心理疾病也能具有传染性。

"情绪本身就具有极强的感染性，更何况是精挑细选具有高度吸引力的虚拟情绪。"海子说道，"我为部分'自愈者'做了问卷调查和电生理测试，情绪量表和CRP[1]的检测结果都显示——他们获得的正性情绪在情绪维度上高度重合，不符合自然情绪的离散分布规律。我们有理由相信这是一种人工制造的模式情绪，并且已经在人群中广泛传播。"

"你是说在现实世界中传播？"

"没错，它来自emoji，却被混元用户带入了现实世界。因其带来的巨大快感，它首先在病理心理和暗示性较高的易感人群中蔓延

---

1. 是在机体受到感染或组织损伤时血浆中一些急剧上升的蛋白质。

开来。到目前为止，我们还没能掌握其流行病学规律，它的传播途径很可能是归元中的数据交流，甚至也可能是现实世界中的表情、声音和姿势等交互行为。"

"可它除了让人沉迷、失去劳动力，还能有什么危害呢？而且目前就那些患者看来，它还是利大于弊的。"

"不，既然是人为制造的，就很容易夹带私货。如果创作者蓄意编辑并散播带有恶意的情绪木马……"

海子话音未落，ego总部警铃大作。工程师们向许安格紧急汇报，他们受到了算力攻击。

所有在厂和已售的metainbot都失去了控制，它们发动了暴乱，疯狂地摧毁着服务器和矿机，ego车间里一片混乱。

许安格组织工程师和安保人员封锁了DSP[1]中心服务器的机房，即刻向网监部门求救，并着手追踪攻击来源。

工程师们很快发现这是徒劳，因为这是一次DDOS攻击，也就是攻击者分布在不同的节点上，同时对ego发起了进攻。这些零散的计算实体云整合成一股强大算力，很多节点只是被算力劫持，所以根本无法查明真正的攻击来源，甚至没法通过拉闸限电的粗暴方式分区搜捕，异常流量过滤也不能完全中断攻击。

许安格十分懊悔没有将ego系统完全去中心化。面对游击，他们的整个云防御架构似乎并未发挥真正的作用，甚至连5G毫米波网络都瘫痪了，导致求救信号根本发不出去。ego彻底沦为了一个信息孤岛，如果不想整个系统宕机，就只能开启备用"共识"硬分叉

---

1. 数字信号处理。

以减少损失。

　　但他们没有时间去完成这样的防御了，因为那些metainbot已经冲进了安保大门。它们狂躁地发出哮鸣，竟像是带着某种人类的情绪。安保人员手忙脚乱地为自己武装离线外骨骼，准备组织防御。

　　中控室门禁的ID识别系统正是基于ego的分布式物联账本，它通过模糊提取技术将用户生物特征信息转换为生物密钥，以兼顾隐私保护和跨域认证的信用需要。许安格知道，这些metainbot能够轻易通过自动安保识别，说明他们背后的操纵者一定是内鬼。

　　比起自己的安危，许安格更加担心的是幕后黑手利用这些阿凡达的真实目的。这不是一次简单的企业黑客攻击，因为透过中控室的大落地窗，他看到市政府门前的市民广场上，也同样有大量的metainbot在集结，很多是来自普通家庭的家用型机器人。

　　武装部队挤在装甲车里，伊琳荷枪实弹坐于其间，严阵以待。他们被临时征召，是因为监狱系统遭到自内而外的劫持。流量分析表明，监狱是这次数字恐袭的重要目标。

　　密钥被篡改，狱警和犯人沦为AI的人质。前来支援的武装部队被监狱安保系统拒之门外，考虑到人质安全又不能物理强攻，他们正在请求量子计算机的算力支援，可是狼烟四起，战报频传，政府和军队都自身难保，算力根本不够调配。

　　伊琳再次想到了雪花模型的时间戳漏洞，于是她跟队长申请特别行动，想继续利用这个漏洞对虚拟情绪监狱实施数字潜入，和物理世界的战友里应外合。

　　队长否决了她的提议。跟普通的归元世界不一样，进入叠梦必须在麻醉状态下，他们没有携带必要的维生系统，ego也陷入瘫痪，专业照护人员也很难迅速组织起来，"裸奔"进入归元，本体会存在不可预料的生命危险。

伊琳坚持地说："我养母是医务人员，她已经组织了护理人员和麻醉设备，正在赶来的路上。"

队长急道："胡闹，你如果出了意外，你的老父亲怎么办？"

一维的情绪监狱里，伊琳没有了思考的能力，只剩下对胜利的执着，可她没有办法独立完成任务，甚至连自救都不可能。

队长指挥数字部队对情绪监狱系统发动了入侵，在他们的助攻下，部分emoji节点开始升维为多维的叠梦，这让伊琳恢复了一些迟缓的思维，她开始集中意志力，整合破碎的意识。

除了恐惧，伊琳还感受到愤怒，夹杂着很多原始而简单的情绪。情绪是欲望的表达，与其说这是情绪的监狱，不如说它是欲望的监狱。可为什么忏悔和敬畏的监狱里会滋生愤怒呢？伊琳意识到，有人篡改了情绪监狱的刺激靶点，是杏仁核！

伊琳把有限的注意力集中在任务上，开始与这些情绪共情，以搜查其中带有攻击意图的部分。一段愤怒的情绪从emoji里向叠梦析出，她识别出了它，并顺藤摸瓜定位出它的来源，它来自天赐。

天赐一身囚服，正在叠梦里像素化重组。伊琳不明白，深陷牢狱的天赐怎么会卷入这场恐袭，并成为散布恶性情绪的宿主？

伊琳试探着询问天赐，关于这场恐袭他是不是知道些什么？后者却面目狰狞，不停愤骂着一句："现实夺走了我的一切，它必须毁灭，它必须毁灭！"

很显然，他仍然被愤怒的情绪记忆控制，并没有恢复理智，而共情中，这愤怒也正在向伊琳传染。她警觉起来，立即向现实世界的同事们申请紧急支援："我需要可以覆盖愤怒的正性情绪数据包，伪装成雪花送进来！"

天赐锁定了她的位置，故技重施，向她射来愤怒。伊琳连忙幻化为九色鹿，向风雪中逃窜。一旦被恶性情绪感染，现实世界的伊琳也不能幸免。千钧一发之际，漫天雪花再次卷起，为她组织起重重护盾。那是前来支援的特工人员，他们携带着与杏仁核相关的正性情绪包，正相继入场……

"现实夺走了我的一切，它必须毁灭……"

metainbot们重复着这段话，对那些重要的和不重要的设施进行无差别攻击。

通过它们的动作和语言，许安格终于明白它们背后的那个"内鬼"是谁了。在那些冰冷的面孔下面，许安格似乎看到了天赐那痛苦的表情。他挡在中心服务器前向它喊话，恳求它恢复理智。metainbot们显然察觉到了他，不断怒吼着，说自己很痛苦。

危急关头总会有无名英雄的默默助力，ego最新部署的那些6G太赫兹基站被不怕死的工程师们紧急动员，并提前投入运行。

通信信号的及时恢复，也让海子得以接到一通人命关天的呼叫，那是警方向他请求情绪数据库的支援。他摸出一个U盾，迅速行动起来。

情绪包还在紧张地传送之中，一只metainbot已向许安格抢起了无情的铁拳。

下雪了，雪花落在天赐身上，用它们携带的情绪数据安抚着他的愤怒。

他慢慢冷静下来，在雪地里摸索，嘴里呢喃着："我的玛丽呢？"

被追杀到地图边缘的九色鹿终于不再逃亡，停下来精疲力竭地喘着大气。

天赐静静地堆起了雪人，歪歪扭扭，是一只凯蒂猫的形状。

铁拳最终没有落下，metainbot停止了进攻，它们面面相觑。

被吓得魂飞魄散的许安格长舒一口气，"阿西莫夫保佑。"

海子灰头土脸地从中心服务器的阵列里钻了出来，他拿着发烫的U盾笑道：

"阿西莫夫可救不了你，救你命的是我的情绪包。"

武警冲入了监狱，把维生舱统统控制起来。技术人员火速入场，准备唤醒囚犯们。饶医生也着手为伊琳和一众特工人员准备麻醉后复苏。市政府那边还没解围，零星的攻击仍然存在，监狱的武装部队开始分兵离开，前去支援。

"等一下，有意外情况。"技术人员汇报说唤醒程序不起作用，邵天赐醒不过来。

特工人员们已经陆续醒来，只有伊琳因为麻醉得最久，所以苏醒得最慢。队长要求暂缓伊琳的复苏，让她留在虚拟监狱里继续执行囚犯的救援任务。

饶医生强烈反对。她说在这些临时设备的简陋条件下，伊琳的麻醉时间和深度都已经严重超标了，她担心会发生苏醒困难，成为植物人。伊琳却欣然接受了任务，她安慰养母，只是一次简单的救援，耽误不了多久。

"我的玛丽呢,是我毁了她?"

看着化去的雪人,天赐深陷忏悔的情绪里,情绪监狱的设计者一定对这个结果很满意。

伊琳试着上前安抚他:"你听我说,这并不完全是你的错,跟我一起醒来吧。"

天赐抬起头来,眼里布满了血丝。伊琳吓了一跳,跌坐在雪地里。寒风刺激着伊琳的神经,风里没有了温暖,那雪人竟化成了一地血红。她觉察到了不对劲。

"对,这不是我的错,是你们!你们把她还给我!说好的幸福呢,怎么变成了愤怒?你们把它还给我!"

天赐的逻辑依旧混乱,伊琳不明白他口中的"它"指的是什么。她只看见地上的血水重新凝结成了一只metainbot的形状。它咆哮着,张牙舞爪挥动起拳头,突然向伊琳发起情绪进攻。伊琳来不及逃跑,只能向队长发出最后的警告:"愤怒的情绪正在复燃,刚才很可能是佯败,我已被感染,现实世界要注意防御!"

大芬的画廊里,阿勇还在一个人作画。不知他画的是洋子还是女儿,他已经很久没有画肖像了,竟手生折断了炭笔。一股莫名的焦躁涌上心头,他心想,这可不太吉利。

海子收起了U盾,却发现那些metainbot的身躯似乎在沙沙地共振,扬声器里好像还重复着什么"还给我"之类的低语,他职业本能地觉得这像一种情绪反应。许安格还在组织工程师们采集metainbot的故障信息,海子警告他们最好撤开安全距离。

囚室外响起了撞门声。武装部队大多已经撤离,metainbot迅速反扑，很快就夺回了监狱的控制权，它们护主心切，正在攻击天赐的牢房。队长把自己反锁在牢房里，可一支小小的配枪根本不足以固守，他把它对准了天赐的维生舱。

虚拟监狱里，九色鹿已经被天赐一记长矛穿心，倒在血地里喘息。与此同时，伊琳的心电监护出现室颤，但饶医生的医疗帐篷已经被metainbot控制，她没办法给伊琳实施紧急除颤。

队长命令技术人员立即关闭维生系统，强行唤醒天赐。技术人员提醒他，这可能会导致犯人发生意外。

ego的中心服务器已经沦陷。许安格还未来得及反应，已经被一只metainbot扭断了脖子。海子躲在角落瞪大了双眼，不敢相信这一切。

metainbot切断了伊琳的供氧，饶医生和她的医疗团队根本无力阻止，只能眼睁睁看着伊琳的血氧饱和度急剧下降。

牢房被攻破时，队长果断担起责任，一枪断了维生舱的供电。于是天赐的血氧也开始下降。

像是一场死亡竞赛，九色鹿的眼中燃起了熊熊怒火，它用尽最后一丝气息警告天赐，再不收手，大家只能玉石俱焚！

天赐也已经喘不过气，可他坚持着不想醒来，他说醒来就是地狱。话音刚落，他发现自己的胸口已被鹿角刺穿。他的像素开始模糊，逐渐雪花般消散。

叠梦里恢复了宁静，那只九色鹿也终究在风雪中倒下。

metainbot的钢铁之躯轰然倒在了许安格的身边，他知道现实胜利了，这也说明天赐凶多吉少。他想伸手再去摸摸它的头，却指挥不动自己的身体，连呼吸都很困难。他已经高位截瘫，只能对着那张冰冷的脸黯然说道:"天赐,走,许叔带你去吃冰激凌。"

metainbot重新上线了阿西莫夫定律,开始大规模启动高级生命支持。抢救对象包括许安格、伊琳、天赐以及所有在暴乱中发生意外的群众。

饶医生指挥着metainbot为伊琳进行心肺复苏;杨医生则利用外骨骼对许安格实施高位脊髓损伤的现场急救;队长撬开维生舱拖出了天赐,像取出罐头里的一块排骨;而邵氏夫妇闻讯正焦急地赶来。

饶医生哭喊着,乞求女儿醒来,就像当年祈盼人造子宫里的她能活下来。伊琳闭着眼睛,慵懒地抱怨说:"吵死了,好不容易上班'摸鱼'睡个懒觉。"饶医生破涕为笑。

许安格正处于脊髓休克中,他被他的再生医学团队放入了维生舱,在归元里指挥ego的重建,三个月后他的脊神经将获得再生。

天赐再也没有醒来,他被宣布为脑死亡。他已将自我囚禁在自己的情绪监狱里,不再需要别人的惩罚了。因此,他的父母获准以所谓"分布式虚拟监狱"的名义,把他的肉体领回了家。

市政广场一片狼藉,暴乱持续了两天,到后来沦为一场闹剧。

恐袭开始时,这次量子攻链的具体计划就以智能合约的形式发布在了归元社区里,并开放了源代码,欢迎散户加入。合约承诺,攻击仅会持续四十七小时五十九分钟,袭击的对象和范围也只限于行政机构、城市武装和ego这样的"矿池"。也就是说,普通市民们只要不反抗,是不会受到伤害的。

人们都知道,智能合约一经发布,是不可篡改的。于是他们大大方方走上街头,该上学的上学,该上班的上班,生活并不受影响。暴乱区周边大厦的咖啡馆里还客流如织，那里恰好成为猎奇群众围观暴乱的绝佳看台。更有好事之徒偷偷打开了ego，指挥家用metainbot浑水摸鱼加入暴乱，狂欢了一把。

那些参与暴乱的metainbot把政府文件丢在广场中央付之一炬，又围着火堆跳起了滑稽的锅庄舞，现在是他们的表演时间。

看客在四周围起了铜墙铁壁，武装部队无法在不伤害民众的前提下短时间内突围并控制住局面，于是只能被无奈地隔在外面。好在恐袭是限时的。

此刻的广场俨然已是万众瞩目的春晚舞台。一只蜀风雅韵且不失潮流打扮的metainbot粉墨登场，为大家献上了一出最新版的《归元主播谋杀案》，那些怪诞狰狞的面相变化不断，接连浮现在它水银般光滑的机械表面，完美诠释出人物内心不可名状的律动。那扎实的唱念做打，灵活的移步换景，焕发出比传统舞台和剧场更加多元的魅力。这出精彩的表演博来了围观群众的阵阵叫好，而它自己也似乎很享受这一刻，并以一个微笑的电子表情谢幕。

"师父，我做到了！"

ego的中控室百废待兴，许安格正在组织ego的"战后"重建。不久的将来，他的神经系统将和ego一起再生，但在此之前，他必须依附于神经外骨骼恢复运动功能。

许安格正在和同事们讨论，新生的混元系统是否还需要中心服务器？是否应该趁这次重建彻底去中心化？而海子再次不请自来，为这次讨论盖棺定论："当然不能！"

这次他给老同学捎来一个坏消息——混元系统的整体布局将会被收归国有，ego的业务只允许保留IOT设备的基础生产。

作为此次暴乱的受害者，ego 却受到如此不公平的待遇，这让许安格难以接受。

海子耐心安抚起老同学的情绪，他解释道："这次恐袭来源于情绪传染病的蔓延。经调查，参与节点的所谓'恐怖分子'大多只是被愤怒的虚拟情绪劫持，他们中的大多数人并不知道恐袭的真正目的，只是不同程度的失乐患者，参与恐袭仅仅是因为情绪真空。"

"所以需要对此次事件负责的应该是归元才对啊，为什么反倒是混元成了替罪羔羊？"许安格愤愤不平。他申辩说，正是虚拟情绪的使用，使得算力和创造性垄断在了 emoji 供应商手里，不管是现实还是虚拟世界，虚拟情绪才是人类共同的敌人。

海子又解释说："政府确实加强了对归元的监管，也叫停了emoji。但到目前为止，归元产生的总体效益仍远远大于它带来的破坏，归元还会继续存在，类似的事件也不可能杜绝。经此一役，人们意识到归元实现完全去中心化也许只是时间问题，等它慢慢架空了管委会，或将发展成为永远无法被关闭的'暗网'。而混元把守着虚拟世界通往现实的大门，所以它必须被行政力量领导和控制。"

ego 这个现实和虚拟的调停者，最终成了两个世界之争的牺牲品。许安格叹道："所以，这次你赞成了这个制裁案？"

海子尴尬地点了点头，他调出一个 S 市的数字沙盘继续解释："我们不妨推演一下，如果在这次暴乱中，恐怖分子拿下了城市的控制权，会发生什么？"

接下来的几个小时，在 AI 的推演下，沦陷后的 S 市成为归元对抗现实的根据地。恐怖分子使用 metainbot 控制武装部队构建城防，依靠核电站的能量供应自给自足，全市人民都被赶入归元作为人质和肉机，因此对其发动物理进攻变得投鼠忌器。现实世界为了收复失地，不得不与之展开了一场算力大战。

"这是监狱争夺战的一次大规模翻版。"许安格看着动态沙盘总结道。

"是的，归元想要脱离现实的掌控实现独立，必须要有足够的现实武装力量作为保障。"

沙盘里的叛军为了生存和扩张，开始进攻所有数字化的武器系统，甚至染指核设施。在这样的威胁下，现实世界只能被迫退化到局域网时代以保证安全。而这时的深圳，俨然成了虚拟世界固若金汤的大本营。其他地区的归元居民也不乏潜伏于暗网，暗中向深圳输送算力支援。现实世界面临内忧外患。

整个S市变成了一个超级智能的机器人。人工智能充当其大脑提供生产力；区块链作为其神经系统建立生产关系；IOT物联终端构成其感官系统，Metainbot这样的混元设备以及现实用户成为其运动系统，两者将作为生产工具；"AI+区块链+IOT机器"将组成社会的主体。

"无政府的网络世界和超主权的世界货币只会导致算力霸权主义的诞生，人类或将沦为AI统治下的肉机。你以为ego是现实和虚拟的和事佬，冷不防你们就会成为AI统治人类霸业的带路党。"海子关闭了推演，"这就是为什么我反对完全去中心化，为什么我支持制裁ego。"

许安格明白了，这次恐袭不仅仅是一次黑客袭击，也不仅仅是因为无聊的人们想寻找刺激，它代表着归元向其现实母体宣示主权，就像儿子反抗父母，弟弟反抗哥哥，目的都是想取得独立的"身份"。可他还是心有不甘，"毕竟他们没能得逞。"

"不是没能，只是不想。"海子纠正说，"攻击方在接近51%算力时主动放弃了进攻，我们有理由相信他们不是做不到，只是时机未成熟。在没有把握取得现实世界的控制权之前，贸然接管虚拟世界只能导致虚拟世界的信用体系覆灭，因为现实力量会主导归元进行硬分叉，他们不想让自己'革命'的成果仅仅剩下一个价值局域网。所以，我更倾向于相信这次袭击是一场精心策划的演习，其目的无非就是为了鼓舞暗网士气，为进一步独立的主张争取更多的算力支持，否则他们也不会在进攻前就发布四十八小时停火的承诺。"

"他们是想伪装成一场黑客的恶作剧？可是，究竟是谁拥有如此强大的算力资源，可以大范围散播情绪，悄然策划了这一切呢？"

"DDOS攻击来自不同节点，像投票一样，找不出中心指挥，无法追查和问责。同时，其分布式架构可以轻松突破中心化服务器芯片的算力局限，幕后黑手自己并不需要多大的算力资源，也并不一定是现实世界里多么举足轻重的势力。这给侦破工作带来了巨大的麻烦。"

尽管DDOS攻击可以大幅度降低攻链的成本，但毕竟算力资源的投入不菲，不会有人无缘无故地搞这么一场恶作剧。许安格知道，不管在哪个世界，获利最大的人往往就是嫌疑最大的人。那么如果归元独立，谁是最大的获益人呢？

许安格看向窗外，这座三维的城市似乎四维地展开了，浮现出它隐藏的面孔。它由每个人的另一面组成，千人千面，熟悉而陌生。或许并没有什么特定的幕后主使，或许是每个人策划了这一切，又或许是归元也产生了自己的人格，它要脱离现实的掌控，为自己

"长脸"。

邵氏夫妇在现实里的新居不再气派，许安格却在这里吃了闭门羹。他痊愈后的第一件事情就是来探望那个只能永远装在罐头里的天赐，邵氏夫妇却虚开房门谢绝了他的好意，说不想让任何人再去打扰他的安睡。

许安格离开时和一个奇丑无比的男子撞个擦肩，那张脸恰似野兽派笔下的Furry。邵夫人连忙斥他进屋，说是新雇的男佣。许安格却觉得这男佣举手投足间莫名地熟悉，这一个灵光令他想通了一些事情。

天赐为何会被植入愤怒的情绪？又为何会参与到这场云暴乱中，沦为一场阴谋的牺牲品？原来这才是"那个人"的计划！

那个人欺骗了全世界，出卖了很多帮助过他的人。他养着一批早已没用的颜艺师和导航技师，保存着过时的整形流水线，可谓是养兵千日，用兵一时。他是如此的处心积虑，只可惜他设计的发型依旧那么难看。

许安格的脑海中浮现出那张得意的脸，他或许正在向邵氏夫妇邀功，"我要价很高，但我说到做到。"

许安格捏紧了拳头，愤怒却无处着力，他甚至没脸找那个人对质。都说雪崩时没有一片雪花是无辜的，自己又有什么资格义正词严？

回想起来，卷入这场旋涡里的每个人，包括自己，都藏着一些不为人知的秘密。那些体面和不体面的，那些高尚和卑微的，那些自以为是和自甘堕落的，出于私欲，都不惜犯下了过错。或许那只是一些微不足道又情有可原的小错，可就是这些小错聚沙成塔，铸成了后来的悲剧。反观整件事情的始末，那个阴谋小人也许才是从头到尾最守规矩的那个——正如他自己所说，他所做的一切，不过是在规则中利用了每个人心里的那一点点私欲。

许安格松开了手里的汗，把男佣让进了屋。擦肩而过时，他没有忍住，一声"天赐"悄声脱口。也不知那男佣是否听见，他只是埋着头，没有多停留。

许安格离开时无雨无晴，二元之争还没有结束，结局还远未可知，看着熟悉而陌生的城市，他只默念了一句："安华，来，再跟堂哥比画一局。"

伊琳坐在咖啡画廊的茶艺木桌旁，这个时间的阳光已经不能灼伤她的皮肤，她拢了拢头发神采飞扬。糊涂的老画工们经过，都会交头接耳，惊诧于"洋子"是如何驻颜有术的？伊琳笑而不答，因为这扇巨榕的对面，阿勇又开始画起了那幅耽搁多年的人像。

阿勇一边画着一边对她说着，榕树会把自己的种子播撒在其他树的树干上，像寄生虫一样利用附主的养料生根发芽。它抱着母树野蛮生长，它的根须会不停掠夺母树的营养，它的树冠会慢慢遮住母树的阳光。在它参天的过程中，孕育它的母树会慢慢被它绞杀和蚕食，新生的榕树也会因此在树芯里留下一个空洞。

伊琳点点头说："人们终于警觉起来，在享受归元反哺现实的同时，也得提防它的反噬。"

现在归元被整顿，emoji 被叫停，叠梦也被重置了。阿勇知道，这意味着再也没人能进入那个叠梦了，那里只剩下了猫娘一个人，她永远地和她最爱的雪花待在了一起。她没有了生命，但拥有了一整个世界，只属于她的世界。她再也不用担心自己漂不漂亮，受不受欢迎，她还可以按照自己的喜好去塑造那个世界，让它为悦己而容。

伊琳说："也许她会在那里养一只九色鹿。"

阿勇说："也许她会在那里盖一间房子，也许她还会在那里种一棵榕树，那棵榕树也一定像长在了画里，和她一样，不死不灭。"

后 记

　　我是一个焦虑的人，这次的焦虑是在画画时产生的。

　　当时我正俗不可耐地临摹着某位明星的肖像，妻子站在我身后，幽幽地说了一句："不像。"

　　对于一名画者，这无异于一盆凉水。形准是绘画的基本功，尤其是肖像画，毕竟人类对同类面部特征的辨识能力是远远高于其他视觉对象的。所以，再怎么春蚓秋蛇以"抽象"自诩，我也得恪守"画得像"的准则。

　　回顾那次作画过程中留下的照片，起形并没有什么问题，但在铺调子、塑造体积和深入刻画的过程中，我不慎破坏了五官之间的微妙比例。也许只是眼睛画开了一点，下颌收紧了一点，额头、鼻子拉长了一点……可这些细微的误差悄然累积，不知是从哪一刻起，这张脸变成了另外一张，我竟没有察觉。

　　这让我禁不住思忖：是什么让我们从芸芸众生中识别出某个独特的个体？是什么"画出"了我们？人类区分两张相似面孔的能力是否存在极限，而这个极限又在哪里？在这个极限下，面孔的排列组合是可以穷举的吗？如果可以穷举，那最美的面孔是否会变成一种稀缺资源……

对于这些问题，我没有能力找出答案，只能阿Q般解嘲道："不敢画得太像了，怕侵权。"

似乎是怕我"竭虑而亡"，妻子安慰我道："没事儿，好歹也是一个美女。"好吧，临摹得不像就权当创作了，我也算是无心插柳创造了一张美丽的面孔。可妻子盯着画布又开金口："我觉得她倒像另外一位明星。"

刚刚才沉浸到"创作的喜悦"中的我如鲠在喉，可转念一想，又与妻子心照不宣相视一笑……

我想，这是一个容易引发焦虑的问题：

随着整形、化妆以及美颜技术的不断发展，同质化的面孔已成泛滥之势，除了审美疲劳，这会不会又产生一定的安全隐患，进而催生更加严格的肖像权保护？如果严格要求网红脸的区分度，独特而美丽的原创肖像势必变得奇货可居，这时的面孔将不再仅仅是一张脸，而是财富和身份的象征。

人不可能频繁地改变自己的容貌，再好的容颜也不堪逝水流年。在人类对美丽的不倦追求中，这是自然规律赋予每个人最大程度的公平。可是，元宇宙的来临无疑将打破这一铁律，虚拟形象势必让美丽的权利不断向权贵集中。而这时的面孔，也不仅仅意味着财富和身份，它或将成为"人格"的代名词。

不同的经历，不同的社会地位，不同的世界观，赋予我们不同的能力、气质和性格，它们都构成了人格的一部分，使人与人相互区分。但面孔，无疑是人格最直观的外部体现。毕竟在词源上，"人格"就是"面具"的意思。

然而，虚假的面孔总会掩盖真实的灵魂，戴着面具，"人"

又如何能被准确定义？又或者说，无论是身处现实，还是置身虚拟，人格都只是表观而虚拟的，那只是你愿意展示出来的那一部分自己，所谓"真实的人格"或许根本就不存在。

问题是在画画时产生的，画里却没有答案，焦虑无处排解，于是便有了这篇《面孔》。文中的每个角色都有着关于"身份认同"的焦虑，在这样的焦虑下，他们戴上了一张张虚假的面孔，也因此不断地迷失自我，并付出相应的代价……

图书在版编目（CIP）数据

铁镜·面孔 / 谭钢，杨健著． — 成都 ： 四川大学
出版社，2024.1
（光分科幻文库）
ISBN 978-7-5690-6691-3

Ⅰ．①铁… Ⅱ．①谭… ②杨… Ⅲ．①幻想小说－小
说集－中国－当代 Ⅳ．① I247.7

中国国家版本馆 CIP 数据核字（2024）第 014302 号

书　　名：铁镜·面孔
　　　　　Tiejing·Miankong
著　　者：谭　钢　杨　健
丛 书 名：光分科幻文库
丛书主编：杨　枫

出 版 人：侯宏虹
总 策 划：张宏辉
选题策划：侯宏虹　王　冰
责任编辑：刘一畅
责任校对：庄　溢
封面绘制：毛　苇
装帧设计：付　莉
责任印制：王　炜

出版发行：四川大学出版社有限责任公司
　　　　　地址：成都市一环路南一段 24 号（610065）
　　　　　电话：（028）85408311（发行部）、85400276（总编室）
　　　　　电子邮箱：scupress@vip.163.com
　　　　　网址：https://press.scu.edu.cn
印前制作：成都八光分文化传播有限公司
印刷装订：四川华龙印务有限公司

成品尺寸：145mm×210mm
印　　张：7.75
字　　数：189 千字

版　　次：2024 年 4 月 第 1 版
印　　次：2024 年 4 月 第 1 次印刷
定　　价：52.00 元

本社图书如有印装质量问题，请联系发行部调换

扫码获取数字资源

四川大学出版社
微信公众号